www.bbulmedia.com

www.bbulmedia.com

GREEN HEART

그린하트

GREEN HEART

1판 1쇄 찍음 2016년 11월 8일
1판 1쇄 펴냄 2016년 11월 15일

지은이 | 미르영
펴낸이 | 정 필
펴낸곳 | 도서출판 **뿔미디어**

기획 · 편집 | 한관희

출판등록 | 2002년 9월 11일 (제081-1-132호)
주소 | 경기도 부천시 원미구 소향로 17번길(두성프라자) 303호 (우) 14544
전화 | 032)651-6513 / 팩스 032)651-6094
E-mail | bbulmedia@hanmail.net
비북스 | http://b-books.co.kr

값 8,000원

ISBN 979-11-315-7558-1 04810
ISBN 979-11-315-7392-1 04810 (세트)

※파본은 구입하신 서점에서 교환하여 드립니다.

BBULMEDIA FANTASY STORY

세상의 진실

4

GREEN HEART
그린 하트

미르영 현대 판타지 장편 소설

CONTENTS

제1장 … 7

제2장 … 41

제3장 … 77

제4장 … 111

제5장 … 143

제6장 … 177

제7장 … 211

제8장 … 245

제9장 … 269

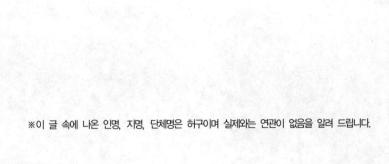

제1장

아버지의 말씀이 그리 충격적이지는 않다. 이미 스승님께 비슷한 맥락의 이야기를 들었던 터라 어느 정도는 알고 있었으니 말이다.

스승님께서는 신화나 전설은 결코 허구가 아니며, 전승되어 온 기억이 모두 거짓만은 아니라고 말씀하셨다. 부풀려진 면이 있을 수는 있지만 신화 속의 존재들이 실제로 존재했을지도 모른다고 했다.

신화와 전설은 아주 오래전부터 사람들 사이에서 전해져 내려오는 이야기다.

문자가 발달되지 않았던 고대의 경우 입에서 입으로 전해졌고, 문자가 탄생한 뒤에는 글로 적혀 사람들에게 퍼져 나갔다.

대부분의 사람들이 신화는 그저 이야기일 뿐이라고 치부하는 것이 현실이다. 자신이 속한 민족의 우월성을 증명하기 위해서나, 국가의 건국을 정당화하기 위해 지어낸 이야기라고 말이다.

사람들이 그렇게 생각하는 이유는 신화 속 이야기들이 과학적으로 증명하기에는 황당하거나 믿기 어려운 것들이 많기 때문이다.

그러나 몇몇 이야기는 그저 허구로만 치부할 수 없는 것도 사실이다.

예를 들어 불가에서는 서른세 개의 하늘이 있다고 말한다. 그런데 이것이 정말 허황된 이야기일까.

초끈이론처럼 이론물리학으로 증명해낸 차원의 수가 여러 개인 것을 생각해 보면, 결코 허황된 이야기가 아니라고 본다.

이론으로만 증명된 것이기는 해도 그런 차원이 실재한다면 불가에서 말하는 것도 사실일 확률이 높으니 말이다.

서른세 개의 하늘이 다른 차원을 일컫는 것일 수도 있다는 사실을 부정할 수 없게 되는 것이다.

그러니 다른 세계의 존재들이 이곳 지구에 있었다는 사실과 그로 인해 신화와 전설이 만들어지게 되었다는 것도 상당한 개연성을 가지고 있는 것이다.

게이트 너머의 세계를 갔다가 와본 나로서는 더욱 그렇다.

현실의 육체와는 다른 육체를 사용하기에 그것이 실제로 존재하는 세계인지는 아직도 의문이지만 말이다.

어차피 예상하고 있는 일이었기에 그것 보다는 지금 당장 닥친 문제가 우선이다.

신화가 전하는 권능을 얻을 수 있는 단서에 대한 것을 후계자도 알고 있느냐는 것이다.

"혹시 후계자가 아버지가 알고 있는 신화의 비밀을 알고 있고, 그것을 차지하기 위해 이번 일을 벌인 것은 아닌가요?"

"그것은 아닐 것이다. 후계자는 그런 것이 있다는 사실조차 모른다. 내가 하고 있는 연구가 최고 지도자의 수명을 연장시키기 위한 것이라고만 알고 있을 뿐이다."

"그렇군요."

후계자가 모르고 있다고 확언하시듯 말하시니 다행이기는 하지만 뭔가 찝찝하다.

내가 회귀한 탓에 세상의 흐름이 변했기 때문이다.

회귀 전과는 달리 매영이 사라지는 시기가 한참이나 앞당겨졌다.

이처럼 다른 것들도 뭔가 변했을 수도 있으니 단정할 수는 없는 일이다.

'그나저나 이상하군.'

후계자에게도 철저히 비밀로 했던 것 같은데 이런 이야기를 해주시는 이유가 궁금하다.

"그런데, 아버지. 비밀인 것 같은데 제게 이런 말씀을 해주시는 이유가 뭔가요?"

"이상한 모양이구나. 하긴, 이상할 만도 하지. 원래는 너에게도 비밀로 할 생각이었으니까. 사실 이번에 감춰진 신화의 진정한 힘을 얻을 수 있는 기회가 생겼다. 아주 좋은 기회가."

"신화의 힘을 얻을 수 있는 기회요? 권능은 초월자가 아니면 얻을 수 없는 것이지 않습니까?"

"그래서 기회라는 것이다. 각성을 한 자라면 누구나 권능을 얻을 수 있으니 말이다."

"어떻게?"

정말 뜻밖의 말이다. 신화란 신의 이야기다. 진정한 힘이라는 것은 신이 가진 권능을 말함이다.

권능이라는 것은 일정한 경지를 넘어선 초월자들만이 가질 수 있는 자격이 있다. 그렇지 않으면 그 힘에 휘둘려 소멸할 정도로 위험한 일이다.

그런 권능을 얻을 수 있다니, 믿기지 않는 이야기다.

"믿어지지가 않는 모양이지만, 내가 한 말은 모두 사실이다."

"으음."

"내가 하고 있는 연구는 신화에서 전하는 힘을 얻기 위한 것이다. 네가 가진 힘도 아주 일부분이기는 하지만 권능이 담겨 있기도 하지. 아직 연구가 더 진행되어야 하지만 틀림없이 얻을 수가 있다."

"아버지의 연구가 그런 것이라니 놀랍네요."

"그래, 아주 놀라운 것이지. 그렇지만 반쪽밖에는 되지 않는 연구이기도 하다."

"반쪽이라니, 무슨 말씀입니까?"

"최고 지도자는 일본제국이 패망하기 직전에 신화의 힘을 얻을 수 있는 단서들을 얻었다. 그렇지만 거기서 실수를 하고 말았지."

"실수요?"

"그래, 당시에 최고 지도자는 자신이 얻은 것이 신화가 전하는 힘을 얻는 단서라는 것을 전혀 알지 못했다. 그래서 한반도를 얻기 위해 얻은 단서의 반을 러시아에 주었지. 나중에 그것이 신화의 힘을 얻을 수 있는 단서라는 것을 알고 최고 지도자도 무척이나 후회했다. 그런데 이제 기회가 생긴 것이지."

"그러니까 아버지 말씀은 러시아에서 가지고 있는 단서에 접근할 기회가 생겼다는 것이군요?"

"그래, 네 말이 맞다. 연구가 지지부진한 러시아에서 최고 지도자에게 도움을 요청한 것 같더구나. 자신들의 연구를 도와달라고 말이다."

"러시아에 있는 것이 무엇입니까?"

러시아라면 회귀 전의 나와도 깊은 연관이 있는 것이라 묻지 않을 수 없었다.

"설명을 해줄 테니 잘 들어라. 우리가 연구하고 있는 것은 권능의 바탕이 되는 에너지원에 대한 것이다. 권능을 온전히 사용하기 위해서는 그에 맞는 에너지가 필요하니 아주 중요한 일이다. 하지만 에너지만 가지고는 아무런 소용이 없는 것이기도 하지."

"러시아에 있다는 그것은 에너지를 사용하는 방법 같은 것인 모양이군요?"

"그렇다. 러시아에서 가지고 있는 것은 에너지를 사용할 수 있게 해주는 플랫폼 같은 거지. 쉽게 설명하자면 에너지원은 총알이고, 플랫폼은 총이라고 할 수 있다."

"둘 다 있어야 쓸모가 있는 것이겠군요."

"그래, 반쪽으로서는 가치가 거의 없는 것이지. 그리고 우리는 에너지원에 대해 대부분 밝혀냈지만, 러시아에서는 아무런 성과가 없는 상황이다. 얻은 것들을 해석할 능력이 거의 없는 터라 당연한 일이지만, 그로 인해 그들의 연구가 답보 상태에 놓여 있는 상황이다."

"으음, 그러한 상황을 안 최고 지도자가 러시아에 정보를 흘린 모양이군요."

"맞다. 최고 지도자는 예전부터 러시아가 가지고 있는 것을 얻고 싶어 했다. 그래서 내가 하고 있는 연구가 성과를 내자 일부러 정보를 흘렸던 것 같다."

"그들 입장에서는 아버지가 하고 있는 연구의 성과를 얻고 싶지만, 온전한 것이 아닌 한 소용이 없을 테니 최고 지도자에게 뭔가 조건을 내걸었겠군요."

대한민국을 집어삼킨 북한이다. 군사력은 말할 것도 없고, 능력자들의 전력 또한 베일에 싸인 것들이 많은 상황이니 러시아도 모험을 할 수는 없었을 것이다.

　"블리자드를 보내도 최고 지도자가 가지고 있는 것을 얻기는 불가능하다는 것을 러시아도 잘 알고 있다. 그렇다고 그에 상응할 만한 대가를 치르기도 마땅치 않은 터라, 러시아에서 제안을 해왔다. 자신들이 가지고 있는 자료에 대한 연구를 공동으로 진행하자는 제의였다."

　"러시아가 최고 지도자가 내민 미끼를 물었군요."

　"러시아의 배후 세력들에게 우리가 자료들을 해석했다고 알려지도록 한 최고 지도자의 한 수가 성공한 것이지. 우리가 진행한 연구를 담당한 연구원이 온다면 자신들의 프로젝트를 개방하겠다는 제안이지만 말이다."

　"으음……."

　러시아라면 내가 겪어봐서 잘 안다. 블리자드를 비롯해 러시아의 배후에 있는 자들이 어떤 존재들인지.

　최고 지도자가 원하는 것이 신화의 힘을 간직한 것이라면 정말 얻기가 쉽지 않을 것이다.

　"무슨 생각을 하느냐?"

　"아버지가 너무 러시아를 쉽게 생각하는 것 같아서 그래요. 상대가 블리자드라면 원하는 것을 얻기가 쉽지 않을 것 같아요. 연구원을 오라고 하는 것을 보면 아버지가 위험해질 수도 있고요."

"그것은 걱정하지 마라. 욕심이 나기는 하지만 난 꿈도 꾸고 있지 않으니 말이다. 그것을 얻을 능력도 없고."

"무슨 말씀이시죠?"

"러시아로는 네가 가게 될 거다."

"제가요?"

중요한 일 같은데 갑자기 내가 거론되다니, 이상한 일이었다.

"그래, 그들도 내가 간다고는 절대 생각하지 않을 것이다. 대신 어느 정도 알고 있는 이를 보낸다고 생각하겠지. 그들이 원하는 것은 그 정도다. 자신들의 연구에 대한 단서만 얻으면 된다고 생각할 테니 말이다. 그것은 우리 또한 마찬가지고."

"으음, 그렇군요."

"최고 지도자는 나를 절대 러시아에 보내지 않는다. 대신 믿을 만한 이를 보내고 싶어 하지. 그래서 선택된 것이 너다. 아들조차 믿을 수 없는 상황이기에 말이다."

"그래도 제가 선택되다니……."

"너는 내가 가진 모든 것을 물려받을 것이고, 매영이 됐으니 믿을 만하다고 생각한 것이지. 너라면 놈들과 연구를 진행하면서 그들이 가지고 있는 것을 얻을 수 있다고 생각하고 있다."

"으음."

"내가 기회라고 말한 것도 네가 그곳으로 갈 수 있는 길이 열렸기 때문이다."

"제가 가는 것이 기회라니 무슨 말씀입니까?"

"차훈아, 너는 러시아로 가서 유물을 얻어야 한다. 오직 너만이 그것을 얻을 수 있으니 말이다."

"저만 얻을 수 있다는 것은 또 무슨 말씀입니까?"

이상한 말이다. 유물의 주인이 정해져 있는 것도 아니고, 나만이 얻을 수 있다니.

"비밀 서고에 남겨진 것들과 최고 지도자가 가지고 있는 것들은 아주 밀접한 연관을 가지고 있다. 나도 최고 지도자가 준 것들을 연구한 덕에 비밀 서고를 찾을 수 있었던 것이고."

"그럼……!"

"그래, 신화 속의 권능은 네가 얻은 것이 바탕이 되어야 진정한 힘을 발휘한다. 에너지와 플랫폼이 있다고는 하지만 그것으로는 부족하니까."

"부족하다고요?"

"그래, 그동안 연구한 결과로는 러시아에서 가지고 있는 유물을 깨울 수 있는 열쇠가 네가 가지게 된 천곤패인 것 같다. 유물 안에 담긴 것들을 해석하고 자신의 것으로 만들려면 네가 수습한 책들도 반드시 필요하고."

무슨 말씀이신지 이제야 알아들을 수 있었다.

최고 지도자가 얻은 것은 원래부터 완전한 것이 아니다. 최고 지도자나 러시아에서는 착각하고 있는 것이다. 자신이 가진 것과 상대의 것만 있으면 권능을 얻을 수 있다고.

"아버지 말씀대로라면 제가 아니면 권능은 아무도 얻을 수 없다는 말씀이군요."

"그렇다. 방아쇠가 없는 총은 아무런 소용이 없듯이 네가 아니면 그 누구도 얻을 수 없는 권능이다. 때문에 사실 예전에도 러시아로 건너가 유물을 얻을 기회가 있었지만 그러지 않았다."

"예전에도 그런 적이 있었다는 말입니까?"

"그래, 러시아에서 공동 연구를 제의해 왔었다. 당시 러시아에서는 유물을 연구하기 위해 전 세계의 과학자들을 무작위로 납치할 정도로 적극적이었다. 나도 납치 대상이기는 했겠지만, 최고 지도자 곁에 항시 붙어 있었기 때문에 불가능한 상황이라 그런 제안을 했던 것이다."

"그랬군요."

"내가 제안을 거절한 이유는 연구가 완성되지 않아서이기도 했지만, 보다 자연스러운 기회를 얻기 위해서였다. 그들이 먼저 원해서 유물에 자연스럽게 접근할 수 있는 기회를 말이다. 이제 그 기회가 생긴 것이다."

"알겠습니다. 그럼, 유물을 얻은 후에는 어떻게 합니까? 최고 지도자나 러시아에서도 유물에 대해 욕심을 낼 텐데 문제가 없을까요?"

연구 성과가 나오지 않는다면 문제가 될 공산이 컸다.

아버지의 말씀이 이해가 가지 않는 것은 아니지만, 여러 가지로 걱정되는 면이 많았다.

매영도 그렇고, 특하나 최고 지도자가 감추고 있는 배후 세력이 마음에 걸린다.

"문제가 될 것은 없다. 최고 지도자는 아직 그 유물의 진정한 가치에 대해서 모른다. 새로운 육신을 얻을 수 있고, 특급 능력자에 준하는 능력을 얻을 수 있다는 것이 최고 지도자가 알고 있는 전부다."

"그렇다고는 해도 최고 지도자의 배후에 누군가 있는 것 같은데, 제가 유물을 얻는 것이 가능하겠습니까?"

"최고 지도자의 배후에 있는 자들은 러시아연방의 이면 조직이다. 화이트 나이트라고, 블리자드에 맞먹는 힘을 보유한 자들이지. 그들 또한 유물의 진정한 가치에 대해서는 모르고 있을 것이다. 만약 그들이 알았다면 최고 지도자에게 그런 제의조차 하지 않았을 것이니."

"그렇군요."

"들키지만 않는다면 네가 얻는다고 해도 별다른 일은 없을 것이다. 육신을 강화시켜 생명을 연장시키고 강화계 특급 능력을 얻게 되겠지만, 겉으로 드러나지 않는 것이라 놈들의 의심 없이 유물을 얻을 수 있을 테니 말이다."

"흔적도 없이 얻어야 하겠군요."

"그래, 절대 들키지 말아야 한다. 자칫 들키게 되면 놈들은 전력을 기울일 테고, 네가 아무리 천곤패를 지녔다고 해도 유물을 절대 얻을 수 없을 것이다."

"그 정도로 대단한 자들이라는 말씀이군요."

"맞다. 놈들이 가진 힘이라면 어떻게 해서든지 너에게서 유물의 비밀을 알아낼 것이다. 놈들이 유물의 비밀을 알아낸다면 전쟁이 시작된다. 아마겟돈이라 불리게 될 3차 세계대전이 말이다. 그러니 절대 조심해야 한다."

"무슨 말씀이신지 알겠습니다. 아버지."

"후후후, 내가 너무 겁을 준 모양이구나. 하지만 걱정하지 마라. 우리에게 아주 유리한 상황이니 말이다."

"유리하다니 무슨 말씀입니까?"

"러시아에서 진행되고 있는 프로젝트는 진척이 거의 없는 상황이다. 아예 없다고 해도 과언이 아니다. 나보다 뛰어난 천재들도 다수 보유하고 있고, 장비들도 아주 우수한데 왜 아무런 성과가 없을 것 같으냐?"

"혹시, 뭔가 사정이 있는 겁니까?"

"옛날에는 약간의 성과가 있기는 했지만, 러시아에서 진행하고 있는 프로젝트가 20여 년째 답보 상태인 것은 이유가 있다. 재미있게도 연구를 지휘하고 있는 자가 자신이 찾아낸 것들을 감추고 있는 것 같다."

"그자가 누굽니까?"

간 크게도 연구 내용을 감추고 있다고 하니 누구인지 궁금해졌다.

"후후후, 미하일이라는 자다. 러시아가 낳은 세기의 천재지."

들어본 이름이다. 내가 당했던 실험의 최종 지휘자가 바로 그였다.

"그런데 아버지. 그자가 연구 성과를 감추고 있다는 것을 어떻게 아시게 된 겁니까?"

아버지는 확신을 하고 있는 것 같았기에 영문을 묻지 않을 수 없었다.

"너도 알다시피 난 러시아에서 유학을 했다. 우연한 기회에 미하일을 알게 되었지. 예전에 공동 연구를 제안한 것도 그였다. 그 이후로는 연락이 없었는데, 몇 년 전에 그가 나에게 편지를 보내왔다."

"편지요?"

"자문을 구하는 편지였다. 나는 그 편지에서 많은 것을 알 수 있었다. 미하일이 뭔가를 감추고 있고, 아무도 모르게 얻으려 하는 것이 있음을 말이다."

"자문하는 내용을 통해서 말입니까?"

"그래, 그가 자문을 구하는 것이 하필이면 내가 연구하는 것과 일맥상통하기에 알아낼 수 있던 거다. 편지의 내용으로 봤을 때 그자 또한 유물의 가치에 대한 것은 잘 알지 못하지만 세상을 좌우할 힘이 담겨 있다는 것을 느낀 것 같더구나."

"그것만으로 감추고 있다고 생각하신 겁니까?"

"아니다. 그가 나에게 편지를 보낸 것이 5년 전이다. 자문한 내용으로 봐서는 지금쯤 상당한 진전이 있어야 정상이다. 그런데 러시아에서 이번에 공동 연구를 제안했다. 추측해 보자면 한 가지 결론밖에는 없다."

"미하일 그자가 그간의 성과를 블리자드나 화이트 나이트에 보고하지 않고, 감추지 않으면 결코 있을 수 없는 상황이라는 말씀이군요. 일리가 있는 말씀이기는 하지만, 추측을 하시는 것뿐이지 않습니까?"

"후후후, 네 말대로 추측이기는 하지만 틀림없을 것이다. 그자가 나에게 자문한 것은 피에 얽힌 유전적인 힘에 대한 것이었으니 말이다."

"유물이 피와 관련이 있는 모양이군요."

"맞다. 피와 관련이 아주 깊지. 비록 피에 대한 단서뿐이지만 미하일은 비밀의 외곽에 접근을 한 것이나 마찬가지다. 나는 거기에서 한 가지를 유추해 낼 수 있었다. 화이트 나이트와 블리자드가 가진 전력으로 봤을 때 있을 수 없는 일이 벌어졌기 때문이다."

"있을 수 없는 일이라니요?"

"미하일이 나에게 자문한 내용을 보고했다면 화이트 나이트나 블리자드가 가진 전력으로 봤을 때 이미 새로운 능력자들을 양산했을 것이다. 그렇지만 매영이 알아낸 바로는 지금까지 그런 징조는 어디에도 없다. 그렇다는 것은 미하일 그자가 자신이 알아낸 것을 감추고 있는 것 이외에는 설명할 방법이 없다. 다른 가능성이 있다면 진짜 아무런 성과가 없을 수도 있다는 것뿐이지만 그럴 확률은 아주 낮다."

"아버님 말씀대로라면 그렇겠군요."

"차훈아, 이제 너도 알게 됐지만 러시아에서 가지고 있는 유물의 진정한 가치에 대해서 알고 있는 것은 나뿐이었다. 나 또한 비밀 서고를 찾지 못했다면 절대 알지 못했을 일이고, 그러니 안심하도록 해라. 너는 아무도 모르게 그것을 얻기만 하면 되는 것이다."

"알겠습니다. 아버지. 그렇지만 신화 속에 나오는 권능이라는 것을 제가 가져도 되는 겁니까?"

"그래, 네가 꼭 가져야 한다. 어쩌면 네가 그 힘을 얻는 일이 이 세상을 구원하는 것이 될 수도 있으니 말이다."

세상을 구원하다니, 이건 또 무슨 뜻인지 모르겠다.

"제가 유물을 얻어야만 세상을 구원한다는 말입니까?"

"자세한 것은 나도 잘 모른다. 그렇지만 지금까지 내가 연구한 바로는 네가 가지게 될 권능이 이 세상의 안정과 매우 밀접한 관계가 있다."

"권능을 가지게 되면 이 세계의 안정을 얻을 수 있다니 무슨 말씀입니까?"

스팟과 게이트가 나타난 이후로 변해 버린 세상이다.

다른 차원과 연결된 상태인 세상을 안정시킬 수 있다니, 의미가 매우 깊은 말이 아닐 수 없다.

"내가 연구한 바로는 권능을 얻게 되면 무엇을 해야 하는지 자연스럽게 알 수 있을 것이다. 막대한 힘에는 그만한 의무가 따르니 말이다."

"의무요?"

"그래, 의무. 말했다시피 권능을 얻게 되면 자연스럽게 알게 될 것이다. 네게 부여된 의무에 대해서 말이다."

뭔가 더 해주실 말씀이 있는 것 같은데 입을 다무신다. 아직은 내가 알아야 할 일이 아니라고 생각하시는 모양이다.

'말씀하신 것 이외에도 뭔가 감춰진 것이 있구나. 그렇다면 여쭤봐도 소용이 없겠다.'

말씀해 주시지 않는 이유가 있는 것 같아 더 이상 물을 수가 없었다.

권능을 얻으면 알게 될 것이라고 하셨으니 그때까지 참아야 할 것 같다.

"그렇군요. 무슨 말씀이신지 확실히 알았습니다. 그러면 제가 지금부터 할 일은 무엇입니까?"

"우선 네가 가진 능력들을 봉인시켜야 한다. 놈들도 바보가 아니니 말이다."

"아버지나 아주머니에게 배운 의학적인 기술만 가지고 그곳으로 가야 한다는 말씀이군요."

"그래, 화이트 나이트와 블리자드의 눈길이 스며 있는 곳이라서 어쩔 수가 없다. 놈들이 네가 가진 힘을 아는 순간 네 생명을 장담할 수 없으니 말이다."

"어쩔 수 없는 일이군요."

블리자드에 대해서는 누구보다도 잘 아는 나다.

놈들에게 실험을 당하며 알게 된 사실 중 하나가 이면 조직 중 가장 강대한 무력을 보유한 곳이 바로 블리자드라는 것이다.

게이트를 통한 능력자 양성은 물론이고, 선천적으로 타고난 초능력자들의 힘도 인공적으로 만들어낼 수 있는 능력을 가진 곳이 바로 블리자드다.

블리자드는 적에게 무자비할 정도로 철저하다. 적의 뿌리를 끊을 때까지 멈추지 않는 조직이 바로 블리자드다.

그런 블리자드와 자웅을 겨룰 수 있는 화이트 나이트라는 조직까지 있는 마당이다.

능력을 봉인하게 되면 자칫 실수할 경우 목숨을 장담할 수 없을지도 모른다.

'그렇지만 신화 속에 나오는 권능을 얻을 수 있다는 사실이 매력적이지 않을 수 없다. 능력이 봉인되기는 하겠지만 내 나름대로의 방법도 있으니…….'

내가 얻어야 하는 것은 신화 속에 나오는 권능이다.

권능은 누가 가지느냐에 따라서 세상의 판도가 바뀔 수도 있는 강력한 힘이다.

폭발이 있기 전의 세계는 경제력과 군사력이 헤게모니를 좌우하는 중요한 요소였다. 그렇지만 스팟과 게이트가 나타난 후로는 모든 것이 바뀌었다.

신화 속에서 나타나는 초월적인 존재들이 무쌍으로 사용하던 권능을 누가 얼마나 가지고 있느냐가 세계를 좌우하는 척도가 된 것이다.

아버지의 말씀을 따르기로 했다. 위험하기는 하겠지만 얻는 것 또한 많을 것이기 때문이다.

"알겠습니다. 그렇게 하도록 하겠습니다."

"잘 생각했다. 그리고 그곳으로 가는 것은 너뿐만이 아니다. 다른 사람도 한 명 너와 같이 가게 될 것이다."

"다른 사람이요? 위험하지 않겠습니까?"

블리자드의 입김이 스며들어 있다면 살아남기 어려울 수도 있는 일이었다.

"위험하기는 하지만 어쩔 수가 없다. 신화의 힘을 얻기 위해서는 반드시 같이 가야 하는 사람이니까 말이다."

나만이 얻을 수 있다고 했는데, 의외가 아닐 수 없다.

"무슨 말씀인지 잘 모르겠습니다."

"앞서 말했다시피 신화 속의 권능을 얻을 수 있는 것은 너뿐이다. 너와 같이 갈 사람은 네가 권능을 얻을 수 있도록 옆에서 도와줄 사람이다."

"저를 돕는다는 말씀입니까?"

"그래, 너는 러시아가 하고 있는 연구를 도와주기 위해 가는 것이다. 만약에 납득할 만한 결과가 없다면 그들은 의심을 하게 될 것이다. 너와 같이 가게 될 사람의 임무는 네가 신화의 힘을

가진 유물을 얻는 동안 놈들의 눈을 흐리게 하는 것이다. 그것
도 그냥 흐리는 것이 아니라 그들의 눈에 혹할 만한 결과물을
만들어 내야 한다."

어떤 형태로 신화의 권능을 얻을 것인지 알 것 같다.

내가 권능을 얻는 데 집중하는 사이, 다른 연구원이 화이트
나이트나 블리자드의 눈을 가릴 결과물을 내놓는다는 이야기였
다.

"같이 갈 사람이 연구원인 것 같은데 괜찮을까요?"

"후후후, 염려하지 마라. 능력도 출중하고 아주 강한 사람이
니 말이다."

입가에 미소를 짓는 것이 내가 염려하는 것을 걱정하지 않으
시는 표정이다.

"무슨 말씀인지 알겠습니다. 스스로를 챙길 수 있는 능력이
있는 사람인 것 같군요. 같이 갈 사람이 누굽니까?"

"후후후, 궁금하겠지만 내일이면 보게 될 테니 참도록 해라.
보면 아주 좋아할 것이다."

내가 보게 되면 좋아할 거라니 엉뚱한 말씀이었다.

"제가 보면 좋아한다고요?"

"그래, 하하하하!"

아버지의 웃음이 무척이나 기꺼워 보인다.

'저렇게 기분 좋게 웃으시는 모습의 거의 본 적이 없는데, 나
와 러시아로 갈 사람이 무척 마음에 드는가보다.'

아버지가 저렇게 좋아하시는 것을 보면 나에게 해가 될 사람 같지는 않다.

나와 같이 갈 사람이 누구인지 무척이나 궁금하다.

1998. 11. 4.(수) 11:00.
만수연구소 집무실.

지금 나는 최고 지도자 놈의 집무실에 와 있다. 병실 같은 곳 옆에 붙어 있는 곳이었는데 상당히 화려한 공간이다.

하지만 이제는 처량한 공간이었다.

만수연구소에 올 때마다 이곳에서 업무를 보던 최고 지도자 놈은 자신의 아들에게 유폐되어 이곳에서 한가롭게 책이나 읽고 있는 신세니 말이다.

집무실 안에는 나를 비롯해 다섯 사람이 있다.

최고 지도자 놈과 아버지, 그리고 오늘 아침 이곳에 도착한 중년 남자와 나와 비슷한 또래의 소녀다.

아빠라고 부르는 것을 보면 중년 남자와 소녀는 부녀지간으로 보인다.

"자네는 정말 오랜만에 보는 것 같군."

"그런 것 같습니다. 최고 지도자 동지."

"후후후, 그래. 그 아이하고는 잘 지내고 있나?"

"후계자 동지께서 잘 봐주셔서 집사람도 평안하게 지내고 있습니다."

"그렇다면 다행이군. 딸아이가 이곳에 있게 될 텐데 괜찮겠나? 그 아이가 딸을 무척 아낀다고 들었는데."

"집사람도 영광이라고 생각하고 있습니다. 저도 그렇고 딸아이도 그렇게 생각하고 있고 말입니다."

"그렇다면 다행이군. 자네 딸아이는 내일부터 투입이 될 테니 그렇게 알고 돌아가도록 하게."

"알겠습니다. 최고 지도자 동지."

딸을 두고 가야 하는 일임에도 최고 지도자 놈의 말에 망설임 없이 일어선다.

'아무래도 군인 같은데⋯⋯.'

각 잡힌 몸가짐과 반문 없이 상관의 말에 복종하는 것을 보니 직업이 군인인 것 같다. 그것도 철두철미한 군인 말이다.

"자! 내가 할 일은 끝난 것 같군."

중년 남자가 집무실을 나가고 난 뒤 최고 지도자도 자리에서 일어났다.

"나머지는 박사가 알아서 잘 처리하시오. 난 피곤해서 이만 쉬러 갈 테니."

"알겠습니다. 최고 지도자 동지."

아버지에게 지시를 내린 놈은 옆방으로 통하는 문을 열고 집무실을 나섰다.

놈이 나가고 문이 닫히자 여자아이가 일어선다.

"오랜만에 뵙습니다, 스승님."

"오랜만이구나. 연미야. 자리에 앉아라."

여자 아이가 인사를 하자 아버지도 부드럽게 미소를 지으며 인사를 받았다.

"그나저나 이곳에서 무엇을 해야 하는지는 이야기를 듣고 온 것이냐?"

"아버지께 이야기는 들었습니다."

"그래, 이곳에 얼마 동안 있다가 러시아로 간다는 것도 들은 것이냐?"

"예, 그것도 들었습니다."

"으음, 그랬구나."

아버지는 연미라는 여자아이의 대답을 듣더니 잠시 눈을 감으셨다. 나와 연미라는 여자아이는 아버지의 입이 떨어지기를 기다렸다.

얼마 지나지 않아 눈을 뜬 아버지가 입을 열었다.

"앞으로 너와 같이 배우고 러시아로 갈 차훈이를 소개해 주마. 차훈이는 내 아들이기도 하다. 차훈아, 아버지의 첫 번째 제자인 추연미라는 아이다."

"처음 뵙겠습니다. 추연미라고 합니다. 올해로 열일곱 살이 되었습니다."

"박차훈이야. 만나서 반가워. 너랑 동갑이야."

동갑이라는 말에 자연스럽게 반말이 나왔다. 무척이나 자연스러워서 스스로도 놀랐다.

따지고 보면 회귀 전 내가 한참 나이를 더 먹었기 때문이기는 했지만, 뭔가 친밀감이 느껴져서기도 했다.

"그래, 반가워."

연미 또한 스스럼없이 말을 놓았다.

우리 둘의 인사가 끝나자 아버지가 말씀하셨다.

"강의와 실습은 내일부터 진행될 테니 차훈이 네가 연미가 머물 곳을 안내해 주도록 해라. 바로 네 옆방이다."

"예, 아버지."

"그리고 12시에 점심을 먹을 테니, 둘 다 시간 맞춰서 내 방으로 오도록 해라."

"예, 아버지."

"알겠습니다. 스승님."

말씀을 끝내신 아버지는 최고 지도자 놈이 머물고 있는 곳으로 가셨다.

"이거 네가 가지고 온 가방이니?"

"그래."

"이리 줘."

"고마워."

"날 따라오면 돼."

연미의 허리춤까지 오는 커다란 가방을 받아들고 앞장서서 집무실을 나섰다.

엘리베이터를 타고 2개 층을 내려가면 내가 머무는 방이 나온다. 그곳에는 총 다섯 개의 방이 있는데, 연미의 방은 내 방 오른쪽에 있었다.

"이 안은 그다지 춥지 않으니까 옷 갈아입고 나와."

바깥은 초겨울로 접어들어 쌀쌀한 탓인지 두꺼운 옷을 입고 있는 연미에게 옷을 갈아입기를 권했다.

만수연구소 안은 1년 내내 20도 안팎을 유지하는 탓에 두꺼운 옷 때문에 조금 더워하는 것 같아서였다.

"알았어. 고마워."

"나는 여기서 기다릴 테니까. 어서 갈아입고 나와."

"그래."

연미가 자신의 방으로 들어가고 문이 닫혔다.

그리고 잠시 뒤, 편안한 옷차림을 한 연미가 밖으로 나왔다.

"따라와라."

"알았어."

연미와 함께 아버지 방으로 향했다.

'옷이 꽤나 고급인 것을 보면 아버지가 높은 직위에 있는 모양인데.'

하루 만에 남한을 집어삼키기는 했지만 현재 북한은 남한이 보유했던 경제 자원을 하나도 쓰지 못하고 있는 상황이다.

철저한 폐쇄 정책으로 인해 외부와의 교역도 하지 않고 있어서 북한의 경제가 전혀 나아지지 않고 있다.

오히려 남쪽을 집어삼킬 때보다 뒤처지는 상황으로, 철저한 배급제를 실시하고 있다.

이런 상황에서 입고 있는 옷들이 꽤나 고급품인 것을 보면 가족 중에 고위직이 있는 것이 분명했다.

'그나저나 어째서 그런 미친 짓을 한 것인지 모르겠군.'

스파이 관련 교육을 받으면서 아주 우연히 남쪽의 실정을 일부나마 알게 되었다. 보급이 시원치 않다며 불평을 터트리던 장교를 통해서였다.

최고 지도자 놈은 한국이 무너진 후에 인구 대부분을 북으로 이주시켰다.

그리고 무슨 미친 짓인지는 몰라도 얼마 지나지 않아 남한을 완전히 폐쇄시켰다.

폐쇄시키는 방법은 간단했다.

옛날 휴전선이라고 불렸던 곳과 해안선을 따라서 포위를 하듯 병력을 배치했다.

그것도 내륙 쪽으로 10킬로미터 지점에 빙 둘러 삼중으로 된 철조망을 쳐 버리는 무식한 방법을 사용해서 말이다.

'철조망 안쪽에서 어떤 일이 벌어지는지도 알아내야 한다. 물어봤지만 아버지도 모른다고 하시는 것을 보면 뭔가 아주 비밀스러운 일이 진행 중일 테니까.'

명령을 내린 자가 최고 지도자 놈이다.

찾아낸 정보가 거의 없지만 철조망 안쪽에서 뭔가를 비밀스러운 일이 진행되고 있는 것만은 분명하다.

세계의 다른 지역과는 달리 몇 배에 달하는 스팟이나 게이트가 한반도에 갑자기 나타났다.

철조망을 쳐 남한을 폐쇄한 것과 관련이 있을 수 있는 일이라 그곳에서 어떤 일이 벌어지고 있는지 알아내는 것이 중요했다.

이미 망해 버린 곳이지만 어쩌면 대한민국을 하루 만에 점령할 수 있었던 일과 관련이 되어 있는 지도 모르니 말이다.

'그나저나 아직도 연결이 안 되고 있으니 걱정이로군. 인과율 시스템에 접속할 수만 있다면 왜 접근을 할 수 없는지 알아낼 수 있을 텐데……'

내게 귀속된 세계와 마지막으로 접속을 했던 후부터 상당한 시간이 지났다.

답답한 상황이 아닐 수 없다.

귀속을 시키고 처음 다른 세계의 시스템과 접속을 했을 때는 정말 아무것도 몰랐다.

그렇지만 지금은 상황이 조금 다르다.

천곤패를 통해 파미르 제국의 유진들을 얻은 후에 인식 확장을 겪은 상태다. 접속할 수만 있다면 조금 더 많은 정보를 얻을 수 있는 것이다.

'접속만 하면 어째서 다른 세계로 넘어가지 못하는 것인지

확인을 할 수 있을 텐데, 정말 답답하군.'

내게 귀속된 곳이기에 진입하지 않은 상태에서도 시스템에 접속하는 것이 가능하다. 그런데 아예 접속이 되지를 않는다. 마치 차단당한 것처럼 말이다.

뭔가 특별한 일이 벌어지고 있음이 분명한데 알 수 없어 불안하다.

"차훈아!"

"어, 왜?"

"뭘 그렇게 생각하니?"

"아무것도 아니야."

"호호호, 내가 예뻐서 수줍은 거니?"

"뭐?"

"호호호. 농담이야, 농담! 멍하니 딴 생각을 하는 것 같아서 물어봤어."

나도 모르게 얼굴이 붉어진다.

수용소에 있을 때는 아저씨들과 스승님의 말씀에 따라 또래의 아이들과 거의 대화를 나누지 않았다. 자칫 소장에게 들킬 걸 우려해서다.

또래의 사람과 이야기를 해 본 적이 없어서 잘 모르겠지만 참재미있는 아이인 것 같다.

"미안하다. 뭐 좀 생각할 것이 있어서 그랬어."

"그럼, 내가 방해한 거네."

"아니야. 그런 건."

"호호호, 그렇다면 다행이고. 그런데 차훈아!"

"왜?"

"여기 식사는 잘 나오는 편이니?"

"그럭저럭 잘 나오는 편이야."

"호호, 다행이다."

"다행이라니?"

"아니야."

"이제 다 왔다. 들어가자."

"응."

아버지의 방에 다 왔기에 대화를 멈추고 문을 두드렸다.

똑똑!

"들어와라."

들어오라는 대답에 문을 열었다.

코끝을 자극하는 음식 냄새와 함께 아버지가 우리를 기다리고 계셨다.

"어서 자리에 앉아라."

"예."

"예."

나와 연미는 아버지를 마주하고 나란히 식탁에 앉았다.

"식겠다. 어서 먹자."

"맛있어 보이네요."

"주방장이 신경을 좀 쓴 모양이다. 어서 먹어라."

"고맙습니다. 그럼."

아버지가 수저를 드는 것을 보며 연미도 음식을 먹기 시작했다. 나도 젓가락을 들고 음식을 먹기 시작했다.

'후후, 여자아이답지 않게 아주 복스럽고 맛있게 음식을 먹는구나.'

식성이 좋은 것인지 연미는 음식을 가리지 않고 잘 먹는다. 낯가림도 심하지 않은 것 같다.

음식을 다 먹자 아버지의 수행을 드는 사람이 들어와 식기들을 치웠고, 잠시 뒤에 커피를 내왔다.

커피를 한 모금 마신 아버지가 연미에게 물었다.

"연미야, 잘 먹었니?"

"얼마 만인지 몰라요. 아주 잘 먹었어요, 스승님. 커피도 아주 좋네요."

"아직도 식량 사정이 안 좋은 것이냐?"

"예, 스승님. 식량 사정이 갈수록 나빠지고 있어요. 넉 달 전부터는 집에서도 하루에 두 끼 정도밖에는 먹지를 못해요."

"러시아도 그렇고 중국에서 아직도 식량 수출을 금지하고 있는 모양이구나."

"그런 것 같아요. 언제 풀릴지 몰라 아빠도 걱정이세요."

"으음."

아버지가 짧게 신음을 흘리셨다.

"갈수록 식량 사정이 나빠져서 인민들이 불안해하고 있다고 하세요. 빨리 해결이 되어야 할 텐데 걱정이에요."

"조만간 풀릴 테니 걱정하지 마라."

"조만간 풀리나요?"

"그래, 길어야 1년 정도만 견디면 될 거다."

"정말 다행이네요. 스승님. 다들 힘들어 하고 있는데 말이죠. 하지만 1년을 또 어떻게 견뎌야 할지……."

"그래도 어쩌겠느냐. 우리의 돌발 행동이 무서워서라도 봉쇄를 풀 테니 걱정하지 마라. 그나저나 결심하기 쉽지 않았을 텐데 정말 고맙구나."

"괜찮아요. 어차피 제가 해야 될 일이잖아요. 스승님."

"그렇지. 너 아니면 할 사람이 없기는 하지. 그래, 그동안 공부는 많이 한 것이냐?"

"말씀하신 대로 관련된 것들은 전부 공부를 했어요. 공부한 것들을 하나도 빠짐없이 머릿속에 담아 두기도 했고요."

"고맙구나, 연미야. 내 부탁을 잊지 않아서."

"뭘요, 당연한 일인데요. 그런데 차훈이가 따라올 수가 있을까요?"

"그건 걱정하지 않아도 된다. 차훈이도 이미 공부를 끝냈으니 말이다."

"호오, 그래요?"

연미가 놀랍다는 듯 나를 바라보았다.

"내일부터 실습을 겸한 강의를 할 것이다. 시간이 얼마 없을지도 몰라서 진도를 빨리 나갈 테니 잘 따라오도록 해라."

"예, 스승님."

"알겠습니다. 아버지."

"오늘밤에는 시간이 없을지도 모르니 차훈이 너는 연미에게 연구소를 안내해 주도록 해라."

"알겠습니다."

"그래, 난 최고 지도자를 뵈어야 하니 둘 다 그만 나가보도록 해라."

"그럼 나가보겠습니다. 나가자."

"나가보겠습니다, 스승님."

아버지의 말씀에 인사를 드린 후 방을 나섰다.

제2장

최고 지도자 놈이 머물고 있는 곳 주변은 경비가 삼엄해서 함부로 돌아다닐 수가 없다. 유폐나 다름없는 지금은 더욱 접근하기 어려운 상황이다.

아무리 나라고 해도 예외가 될 수는 없다. 후계자라는 놈이 경비를 더욱 강화했기 때문이다.

'자칫 의심을 할 수도 있으니 지하로 가자.'

앞으로 대부분 시간을 보낼 곳이기도 하고, 실질적인 연구소 기능을 하고 있는 곳이기에 지하 실험실로 가기로 했다.

밑으로 내려와 정원 같은 광장을 가로지른 후 엘리베이터를 타고 지하에 있는 연구소로 내려갔다.

"우와!"

엘리베이터에서 내리는 순간, 연미가 탄성을 내뱉었다. 호기심에 가득한 어린아이처럼 연미의 눈이 빛나고 있었다.

"가자."

"아, 알았어."

두리번거리는 연미를 끌고 서둘러 실험실로 갔다.

아버지께서 미리 말씀을 해주셨는지 미영 아줌마가 기다리고 있었다.

"아줌마!"

"그래, 어서들 와라. 연미는 정말 오랜만이구나."

"오랜만에 뵙습니다. 선생님."

서로 안면이 있는 듯 연미가 아줌마를 향해 구십 도로 깍듯하게 인사를 한다.

"그래, 덕분에 잘 있었단다. 인사가 너무 딱딱한 것 같구나. 예전처럼 부르렴."

"예, 이모."

이모라고 서슴없이 부르는 것을 보면 예전부터 상당히 친했던 모양이다.

"호호호, 그래. 네 엄마는 잘 계시니?"

"만날 그렇지요. 집에 들어오시는 날이 드물기는 하지만 아주 건강하세요. 이모."

"건강하다니 다행이구나. 많이 궁금할 테니 날 따라오도록 해라, 박사님께서 연구하시고 계신 것들을 설명해 줄 테니 말이다. 호기심이 인다고 아무데나 불쑥 들어가지는 말고."

"예, 이모."

아줌마의 뒤를 따라서 연미가 움직였기에 나도 따라갔다.

각 섹터별로 구획된 각종 실험실에서 미영 아줌마가 설명을 해주었다.

지난 시간 동안 배웠던 것들이라 나는 별로 흥미가 일지 않았지만 연미는 달랐다.

흐트러짐 없이 설명을 듣는 모습에서 열망이 느껴질 정도로 집중력이 높았다.

더군다나 중간중간에 질문을 하는 것을 보면서 상당히 높은 수준의 의학적 지식을 지니고 있음도 알 수 있었다. 어린 나이에 그 정도의 지식이면 천재나 다름없었다.

섹터별로 나누어진 실험실을 도는데 상당히 시간이 걸렸다.

미영 아줌마가 연미의 질문에 빠짐없이 대답을 해주었기 때문이었다.

덕분에 열두 개의 섹터를 전부 도는 데 거의 여덟 시간이 걸렸다. 출입구에 도착했을 때는 이미 저녁 먹을 시간이 지나 있었다.

"차훈아, 이만 올라가 보도록 해라. 배고플 텐데 어서 가서 저녁을 먹도록 하고. 연미도 어서 올라가라."

"예, 아줌마."

"내일 뵐게요. 선생님."

내일이면 새벽부터 교육이 시작되기에 미영 아줌마와 인사를 하고 연미와 함께 엘리베이터를 타고 올라왔다.

'감시의 눈길을 풀지 않는군.'

실험실을 돌아보는 동안 은밀하게 감시하는 눈길이 있었다. 흑운에서 나온 자였다. 담당 구역이 지하 실험실이어서 그런지 따라오지 않았지만, 나오자마자 또 다른 흑운의 기운을 느낄 수 있었다.

"식사는 어디서 하는 거니?"

"식당이 있어. 그리 크지 않지만 괜찮을 거다."

지상 위에 머물고 있는 사람들을 위해 요리를 하는 주방이 따로 있었다.

전담 요리사가 붙어 있는 최고 지도자를 제외한 다른 사람들은 주방 옆에 붙어 있는 작은 식당에서 밥을 먹어야 했다.

머물고 있는 사람들이 최고로 많을 때도 20명이 넘지 않아 식당의 크기는 그리 크지 않았지만, 인테리어가 괜찮아 꽤나 운치 있는 식당이었다.

식당에 도착한 우리는 노루 고기구이를 저녁으로 먹어야 했다. 어떻게 구웠는지 모르지만 노린내가 하나도 나지 않는 것이 꽤나 맛이 좋았다.

"정말 맛있지 않니? 나 이런 건 처음 먹어봐."

처음 나온 것을 다 먹은 후에 한 접시를 더 먹은 연미가 만족한 듯 말했다.

"그러니?"

"응!!"

나야 야전 매복 훈련을 하면서 현지에서 식량 조달 차원으로 많이 먹어봤던 것이지만, 연미는 그렇지 않은가보다.

'식량 사정이 좋지 않아서 하루 두 끼밖에 먹지 못한다고 그랬나? 의외로 먹을 것에 집착하는구나.'

더 먹고 싶어서인지 시선이 자꾸 주방 쪽을 향한다. 창피해서 그런 것 같다.

"더 먹어도 돼. 여기서는 먹는 것에 제한을 두지 않거든."

"정말?"

"그래. 내가 가져다줄 테니 여기서 기다려."

연미의 창피함을 덜어주기 위해 주방 쪽으로 가서 노루 구이 두 접시를 가지고 왔다.

"호호, 쩝! 맛있겠다."

"모자라면 내 것도 좀 덜어 줄까?"

"그래도 되니?"

"물론."

내 앞에 놓은 접시에서 고기를 반 덜어서 연미의 접시 위에 올려놓았다.

"히히, 요사이 잘 먹지 못했는데 몸보신 좀 해야지."

웃으며 고기를 연신 먹어 댄다. 반달처럼 휘어지는 눈매가 참 귀엽고 예쁜 것 같다.

'저렇게 먹성이 좋은데 살이 찌지 않은 것을 보면 용하군. 하루에 두 끼밖에 먹지 않아서 그런가? 저 정도 먹성이면 그렇지도 않을 텐데. 으음, 선천적으로 타고났거나, 관리를 잘했나 보구나.'

연미가 먹고 있는 고기는 어른들도 다 먹지 못할 정도로 상당한 양이다.

먹는 속도나 양을 볼 때 평상시에도 많은 양을 먹는 것 같다. 피부 탄력을 봐서는 갑자기 살이 빠진 것처럼 보이지는 않는다.

그런데도 호리호리한 체형을 유지하고 있는 것을 보면, 축복받은 몸이거나 운동을 해서 관리를 하는 모양이다.

탁!

"아! 잘 먹었다."

"더 줄까?"

먹는 모습을 보고 있느라 내 접시 위에 있는 것은 손도 대지 못했기에 연미에게 권했다.

"내가 뭐 돼지니!"

"그, 그게 아니고. 너를 위해서 더 가져온 건데 남기면 아까울 것 같아서 말이야."

"히히! 그럼 처음부터 날 위해서 아예 두 접시를 가져온 거야?"

입꼬리가 올라가는 것이 더 먹을 것 같다.

"그, 그래."

"으음, 성의는 무시할 수 없지. 접시 이리 줘."

접시를 통째로 가져가서 또 먹기 시작한다. 역시나 먹성이 아주 좋은 아이다.

배가 부를 만도 하건만, 순식간에 접시 위에 있는 고기를 비운 후 한마디를 한다.

"쩝! 아까워서 먹은 거야. 음식을 버리면 죄 받으니까."

말과는 달리 배부른 고양이마냥 포만감에 젖은 모습이다. 모른 척 해야 할 것 같다.

"그래, 음식을 남기면 죄지. 다 먹었으면 일어나자. 피곤할 텐데 이제 그만 방에 가서 쉬어야지."

"그래, 쉬러 가야겠다. 밥을 맛있게 먹어서 그런지 좀 쉬고 싶네."

"그래."

자리에서 일어나 연미와 함께 방으로 갔다.

"차훈아, 좀 들어올래?"

"왜?"

"이야기 좀 하게."

"그래."

방 안으로 들어가 문을 닫았다.

팟!

문을 닫고 돌아서자마자 늘씬한 다리가 관자놀이를 향해 쇄 도한다.

픽!

손을 쳐 내고는 옆으로 빠졌다.

"왜 그러는 거냐?"

"실력이 어떤지 궁금해서 말이야. 차앗!"

기합과 함께 다리가 허공에서 춤을 춘다.

파파파파팡!

상당한 수련을 쌓은 듯, 내가 피한 궤적을 따라 쇄도하는 발 길질에 공기가 파열한다.

'걱정할 필요가 없다고 하시더니 상당하군.'

늘씬하고 연약해 보이지만 맞게 되면 뼈가 부러질 정도로 매 서운 발길질이다. 더군다나 본신의 힘을 사용하지도 않고 있으 니 대단한 실력이 아닐 수 없다.

실전 경험도 매우 풍부한 것 같다. 발길질이 여간 매섭지 않 지만 사정을 두고 있는 것 같으니 말이다.

연미의 내부에 강한 에너지가 잠재해 있다는 사실은 만난 순 간부터 알았다. 만약 그 힘을 사용하게 된다면 승부를 장담할 수 없을 정도다.

'어느 정도는 보여줄 필요가 있을 것 같군.'

러시아에 가서 유물을 얻으려면 연미의 협조가 필요하다. 성 격이 강한 아이라 자칫 의견 충돌이 일어날 수도 있다. 결코 도움이 되지 않는 일이다.

군이 샌님이라는 이미지를 심어줄 필요는 없다.

파팡!!

속도를 더욱 빨리 하는 발길질을 피해 안쪽으로 파고들었다.
타격을 했다가는 어떤 사태가 발생할지 몰라서 손으로 밀쳤다.

탁!

힘 조절을 했기에 연미가 허공을 날아 침대 위로 떨어졌다.

"그만하지!"

"너!"

연미가 침대에서 벌떡 일어나며 손가락질을 한다. 그냥 밀친
것뿐인데 얼굴이 붉어지며 화를 내는 것이 이상하다.

"쓸데없는 장난하지 말고 잠이나 자라!"

"너, 이 자식!"

연미의 말을 무시하고 방을 나왔다.

딸칵!

내 방으로 들어가는데 갑자기 문을 잠그는 소리가 들린다.

우리가 머물고 있는 층은 아무나 들어올 수 없는 곳이다.

연미가 경계해야 될 사람은 오직 나뿐이니, 남자로 보는 것
같아서 묘한 기분이 든다.

"후후후. 재미있군. 다치지 않게 하기 위해 가슴을 밀쳤다고
나를 남자로 보는 건가?"

그저 실험 대상이었을 뿐이기에 회귀 전에도 여자를 몰랐다.

가슴을 밀친 것도 상황을 종료시킬 최선의 방법이었기 때문이다. 묘한 기분을 접고 방으로 들어갔다.

"씻고 책이나 읽다가 잠이나 자자. 내일부터 무척 바빠질 테니까."

샤워실로 가서 몸을 씻은 후 옷을 갈아입었다.

책상에 앉아 어제 읽다가 만 책을 펼쳤다. 의학에 관련된 서적들이다.

"얼마 남지 않았군."

몇 권 남지 않아서 자정이 넘기 전에는 전부 다 볼 수 있을 것 같다.

책장을 하나하나 넘긴다. 사진을 찍듯이 책 내용이 머릿속에 들어와 박힌다.

그동안 아버지가 보라고 하신 의학 서적들을 읽어왔다.

내가 읽은 책들은 서양의학뿐만 아니라 동양의학까지 무척이나 광범위했다.

책을 보는 방식이 사진을 찍는 것과 비슷하기에 상당히 많은 양을 읽을 수 있었다.

모두가 시스템에 접속하며 뇌가 활성화된 덕분이다.

양으로 따지면 거의 1만 권을 훨씬 넘었다.

오늘 보는 책들이 읽어야 할 마지막 것들이었다.

내일부터 실전이나 다름없는 실습이 시작되니 읽어두고 자야 한다.

"조금 피곤하군."

피곤하기도 하고 두 권 정도 남았기에 누워서 책을 읽기로 하고 침대에 누웠다.

'뭐지?'

침대에 눕고 나서 책을 보려고 하자, 어제와는 상당히 다르다는 것을 알 수 있었다.

머릿속이 간지럽다.

그동안 접속하려고 그리 노력을 했지만 꼼짝을 하지 않았던 게이트가 열릴 기미를 보였다.

'으음, 드디어 게이트가 열리는 것인가? 그동안 무슨 변화가 있었기에 닫혀 있었는지 알아봐야 한다.'

내게 귀속된 게이트와 세계가 문을 닫고 있었다는 사실은 무척이나 중요한 일이기에 정신을 집중하며 넘어가기를 바랐다.

슈―아아!!

갑자기 정신이 아득해진다.

잠깐 의식을 잃고 난 뒤에 정신을 차리고 보니 파란 하늘이 보인다.

적어도 조금 전에 내가 누워 있던 방은 아닌 것 같다.

"크으으!"

게이트를 넘어오자마자 머리를 쑤셔 대는 통증이 인다.

웬만한 고통에는 이골이 날 정도로 익숙하지만, 저절로 신음이 나올 수밖에 없었다.

"어째서 다른 곳이지?"

정신을 차려보니 마지막으로 잠이 들었던 곳이 아니다.

멀리 거대한 초지가 펼쳐진 들판이 보였다.

낯선 상황이라 재빨리 몸을 일으켜 주변을 경계했다.

"대기의 질이 완전히 다른 것을 보면 내가 들어왔던 공간이
절대 아니라는 이야기인데……'

처음으로 게이트 너머로 들어왔던 때와는 대기를 타고 전해
져 오는 기운의 본질이 완전히 달랐다.

다른 세상인 것이다.

"이곳이 원래 그곳과 연결된 세계라도 되는 건가?"

처음 발견한 곳과 연결된 세계는 모두 일곱 개다.

주변에 가득 차 있는 세계의 기운은 달랐지만, 호흡하거나 움
직이는 데는 지장이 없는 것을 보니 그중 하나가 틀림없는 것
같다.

"어디……."

들어오자마자 고통이 느껴지는 것으로 보아 세계를 움직이는
인과율 시스템과 접속한 것이 분명했다.

시스템을 통해 어떤 곳인지 파악을 하려 애를 썼다.

"다행히 접속이 되는군. 우선 정보를 얻어야 한다."

집중해 시스템에 들어 있는 정보를 검색했다. 예상대로 일부
분이지만 이곳 세계에 대한 정보를 얻을 수 있었다.

"이곳은 사람이 살지 않는 세계군. 아직까지 활성화되지 못한 것인가?"

시스템에서 얻은 정보를 아무리 살펴봐도 특별하게 다룰 만한 다른 정보가 없었다.

마치 아무것도 시작하지 않은 원점의 혼돈처럼 세계를 구성하고 있는 에너지에 대한 정보뿐이었다.

'목기와 비슷하면서도 다르기는 한데, 에테르의 또 다른 변형인건가?'

정체를 가늠하기 힘들었다.

초모의 기운이나 내 심장을 바꾸어 버린 녹령과 비슷하면서도 어딘가 달랐다.

'그때 다섯 엘리멘탈과 함께 시스템에 접속하면서 세상이 바뀌어 버렸지. 그러니 한 번 해보자. 정말 연결된 세계라면 혹시 가능할지도 모르니.'

수많은 시간 동안 권능을 실험하는 실험체로 지냈다.

고통을 덜 받기 위해서 능력의 본질을 파악하려 애를 쓴 탓에 본질을 파악하는 데는 특별한 능력을 지니게 됐다.

그게 내 능력이라고 할 수 있을 정도로 말이다.

엘리멘탈들은 모르고 있겠지만, 그 능력같지 않은 능력 덕분에 세상을 변화시키는 방법에 대해서는 이미 알고 있다.

이 세계는 혼돈에 가까워 의지만 실을 수 있다면 보다 가공하기 쉬운 에너지들이 온 세상에 가득하니 혼자서도 가능할 터였다.

우선 이 세상에 가득 차 있는 기운을 느꼈다.

내 의지가 순식간에 뻗어나가며 세상의 기운들을 장악하기 시작했다.

'이런!'

장악이 끝나기 무섭게 기운이 모이기 시작한다. 기운이 모이는 중심은 내가 아니라 시스템이었다.

'내가 통로인 건가?'

나를 통해 모인 기운으로 인해 시스템 안에 녹색의 결정이 생겼다. 육각의 형태를 띠는 눈의 결정 같이 크리스털처럼 보이는 녹색의 결정이었다.

보석 같이 생겼지만 그것은 보석이 아니었다. 보석이 아닌 이유는 무엇보다 그 크기였다.

'굉장하군.'

물질로 인식이 되는 곳이 아님에도 물질이 만들어졌다는 놀라움은 둘째 치더라도, 크기를 짐작할 수 없을 정도로 거대했다.

현실 세계에서 제일 크다는 빌딩을 몇 개 합쳐 놓은 것보다도 더욱 컸다.

'시스템을 장악하는 건가?'

시스템의 중심에 자리 잡은 녹색의 결정으로부터 회로 선처럼 생긴 녹색의 빛줄기가 생겼다.

녹색의 빛줄기들은 사방으로 퍼져 나갔다.

인과율을 조정하는 인과율 시스템 안은 어느새 녹색의 광휘로 가득 찼다.

'아!'

녹색의 광휘가 시스템을 뒤덮는 순간부터 이 세계가 확연히 느껴진다.

그동안 장막에 가려진 것처럼 아무것도 느낄 수 없었는데, 이 세계에도 수많은 생명들이 존재하고 있었다.

예상한 대로 이곳은 또 다른 세상이었다.

'특별한 존재들이 시스템 속에 있었군. 이제는 세상으로 섞여 들어갔고.'

내가 인지하는 범위를 벗어난 존재들이 세상 속에 스며드는 것을 느끼고 있으니 이상했다.

마치 누군가에게 이용당한 것 같은 느낌이랄까.

'그렇지만 시스템이 내 의지에 반응하는 것은 틀림없다. 생각에 따라 세상을 내게 비춰주는 것을 보면 말이야. 그런데 저건 뭐지?'

시스템을 통해 보는 세상에 이질적인 존재들이 있었다. 특별한 힘을 지닌 존재들이 아주 빠르게 움직이고 있었다.

다른 것들은 이제 막 제 본질을 찾아가고 있는데 아주 확연히 느껴지는 것을 보면 이 세상이 것이 아니다.

집중을 하자 특별한 존재들이 정확히 인지되기 시작했다.

'인간이군.'

이 세상이 본래의 모습을 찾아가기 전부터 움직였던 것을 보면 게이트를 넘어온 능력자들이 틀림없는 것 같다.

'한 번 만나 볼까?'

게이트를 넘어 탐색을 하는 능력자들이 분명했기에 만나보고 싶어졌다.

잘하면 그들이 이용한 게이트를 통해 북한이 아닌 다른 곳으로 나갈 수도 있을 테니 말이다.

'으음.'

물이 펄펄 끓듯 머릿속이 뜨거워지고 있었다.

장막이 거두어지며 세계의 정보가 계속해서 갱신되고 있었기에 과부하가 걸리고 있다.

인지능력이 확장되었음에도 아직까지 모자라는 부분이 많은 것 같다.

'이대로는 무리다. 이쯤에서 시스템에 접속하는 것을 그만두어야겠군.'

이대로는 견딜 수 없기에 가장 기본적인 정보들만 습득하고 접속을 끊었다.

"휴우! 역시, 인간이 접속하기에는 너무 거대한 정보다."

세상 하나를 통째로 담고 있는 것이 시스템이다.

정보의 양이 무한에 가까운 터라 인간으로서는 절대 감당할 수 없다.

"변해 버렸군."

눈을 뜨니 익숙한 광경이 펼쳐져 있었다. 초지는 온데간데없고, 거대한 산의 최정상이다.

"후후후, 여기서도 마찬가지인 건가?"

처음 엘리멘탈들과 접속을 한 후에 변했던 세상의 모습과 그리 다르지 않았다.

'뭔가 있다.'

보이지는 않지만 주변에 뭔가 있었다.

내 기감에도 걸리지 않고, 시스템 안에서도 느껴지지 않았지만 분명히 뭔가가 존재했다.

'굉장히 위험한 느낌이다.'

살기라고는 전혀 느낄 수 없는데도 불구하고 계속해서 뇌리에 경고가 전해졌다.

난 예감을 믿는 편이다. 특히나 이런 종류의 예감이라면 전적으로 신뢰한다.

내가 놈들의 실험에서 살아남고, 회귀한 것도 이 뇌리를 찌르는 예감을 신뢰했기 때문이다.

'참진팔격을 한꺼번에 터트린다.'

실험실에서 흑운을 만났을 때보다 더한 위기감에 한 방에 모든 것을 걸기로 했다.

어줍지 않게 힘을 남겨 두었다가는 당할 것 같은 느낌이었다.

심장이 뛰기 시작한다. 격하지는 않지만 아주 빠르게 미동하며 녹령이 변화하여 전신에 힘을 실었다.

'젠장, 1단계만 시동을 걸 수 있는 것이 아쉽구나.'

참진팔격은 전삼식과 후오식으로 구분된다. 팔격을 모두 익히고 연계하여 펼칠 수 있는 것이 끝이 아니다.

아주 위력적이기는 하지만 지금까지 내가 익힌 것은 겨우 기초에 지나지 않는다.

진짜 위력은 세 단계의 연환기에서 나온다.

그중 첫 번째 단계는 몸 안에 있는 기운을 한 톨도 남김없이 퍼부었을 때만 가능하다. 문제는 1단계를 펼치게 되면 무방비상태가 된다는 것이다.

그렇지만 어쩔 수 없다.

그렇게 하지 않으면 공격을 해보지도 못하고 이 자리에서 죽을 수 있으니 말이다.

다행이라면 놈은 내가 자신의 존재를 알아차렸다는 것을 느끼지 못하고 있다.

'단 한 번의 일격뿐이지만 네놈이 방심하는 이상……'

기운이 전신으로 퍼졌다. 준비는 이제 끝났다. 이제는 고요하게 가라앉혀야 한다.

모이지 않는 기운이라 허허롭게 보일 것이다.

뒤통수가 따갑다. 어느새 놈에게 뒤를 잡혔지만 이제는 상관이 없다.

1단계 풍천신은 적이 어느 위치에 있던 반경 100미터 안에만 있다면 동일한 타격을 줄 수 있으니 말이다.

팔방을 점한 풍신의 발자국이 천지를 찢는다.

몸짓에 의지를 심었다.

미미하게 움직이나 손과 발끝을 따라 공간을 격하고, 기운이 사방으로 퍼진다.

'놈! 이젠 늦었다.'

뭔가 이상한 것을 알아차리고 기척을 지우려 하지만 이제는 소용없다. 이미 바람의 그물에 걸렸으니 말이다.

고오오오!

반경 100미터가 진공상태로 바뀌며 귀곡성을 흘린다. 공기가 빠져나가며 내는 소음이다.

놈이 모습을 드러냈다.

뒤에 있었음에도 공격이 집중된다고 느낀 탓인지 바로 눈앞에 말이다.

신장은 대략 3미터!

마치 중세의 기사처럼 검은 금속으로 온몸을 두르고, 검은 투구에서는 붉은 섬광을 흘리는 괴물 같은 모습이다.

모습을 드러내니 확실히 인지가 가능해졌다.

'이 세계의 존재가 아니다.'

인과율 시스템이 놈을 강하게 거부하고 있다.

이 세계를 지배하는 주류와는 전혀 다른 이질적인 기운을 품고 있는 존재니 그럴 만도 하다.

'그렇다고 지구의 것도 아니다. 그렇다면 다른 차원의 존재라는 뜻인데…….'

맹렬한 살의가 전신으로 느껴진다. 놈이 어떻게 여기에 있는지는 모르지만 제거해야 한다.

"풍신천하!"

팟!

1단계를 발동하기가 무섭게 놈이 달려든다.

어느새 손에 쥔 검은빛의 대검이 섬광처럼 심장을 향해 다가온다.

쾅!

하지만 풍신이 이미 움직였다.

강기를 두른 손이 검면을 쳐 옆으로 튕겨내고, 양다리는 연사된 활처럼 놈을 향해 쏘아졌다.

놈은 일격이 실패하자 빠르게 뒤로 빠지고 있지만, 풍신의 공격은 이제부터 시작이다.

슈슈슈슈슛!

공간을 격해 나타난 바람의 칼날들이 천지사방을 난도질한다. 강기를 응축시켜 바람의 칼날들은 모두 팔만사천 개다.

손가락만 한 유엽도처럼 생긴 바람의 칼날들은 참진팔격의 오의를 품고 있다.

퍼퍼퍼퍼퍼펑!

기관포처럼 쏟아진 풍신의 손짓이 놈의 몸에 부딪치며 강렬한 폭음을 흘려냈다.

진공이 만들어낸 압력과 강기로 이루어진 팔만 사천 개의 유엽비도가 놈을 공격한다.

콰드드드득!

검은 금속으로 만들어진 갑주와 투구가 깨어졌다.

'이, 인간이다.'

부서지는 투구와 갑주 속에서 드러난 존재는 인간의 모습을 하고 있었다.

그렇지만 이미 발동된 풍신천하는 멈출 수가 없는 상황이다.

생사결의 의지를 담은 탓에 적이 죽거나, 시전자의 몸에 기운이 남아 있는 한 결코 멈추지 않기 때문이다.

수천수만 번의 칼질이 휩쓸고 지나가자 놈의 몸이 부서지기 시작했고, 이내 한 줌의 먼지로 변해 사라져 갔다.

"크으!"

존재를 소멸시키는 것으로 힘이 다했다. 전신에 충만했던 기운이 대부분 사라지자 허탈감이 밀려온다.

'너무 무리하게 기운을 운용했다. 내가 겁이라도 먹었던 건가?'

생각보다 손쉽게 해치웠다.

그러나 기운의 낭비가 너무 심했다.

처음 시전해 보는 것이기는 하지만, 놈의 가공할 살기에 질려

버렸기 때문에 과한 힘을 실었던 탓이 컸다.

'실전 경험을 더 쌓아야 한다.'

흑운과의 싸움은 그저 일부분의 능력을 간신히 사용했을 뿐이고, 엘리멘탈들과의 싸움에서 사용한 능력들은 온전히 내 것이라고도 할 수 없다.

내가 가진 능력을 전부 이용해 싸운 경험이라고는 회귀 전에 통제된 상황에서 했던 싸움들뿐이다. 그것도 능력의 본질을 파헤치는 실험 차원에서 진행이 된 것이라 진짜 실전이라고는 할 수 없는 싸움뿐이었다.

이래서는 앞으로 복수는커녕 죽기 십상이다. 경험을 더 쌓아야 할 것 같다.

'또 다른 존재가 있을지도 모르니 기운부터 회복하자.'

내가 사용하는 에테르와 성질이 다르기는 하지만, 이 세계에 충만한 기운이라면 충분히 활용할 수 있을 것 같다. 최대한 빨리 회복해야 한다.

심장이 뛰며 비어 있는 기운을 채우기 시작한다. 아직 완전히 녹지 않은 녹령이 남아 있어서 다행이다. 그것이 핵이 되어 이 세계에 가득한 기운을 흡수할 수 있었다.

'에테르로 전환이 가능해서 다행이다.'

흡수된 기운이 빠르게 에테르로 전환되고 있다.

내 몸에 적합한 형태로 변환되고 있는 것을 보면 시스템의 인정을 받은 것이 확실하다.

이 세계와는 본질적으로 다를 텐데 이렇게 쉽게 변환되는 것을 보면 말이다.

"대부분 회복이 됐군. 아니, 오히려 더욱 늘어난 것 같다."

한 시간이 채 지나지 않아 기운이 회복되었다. 전보다 더욱 크고 농밀하게 변한 것이 느껴져 이 세계가 마음에 들었다.

인과율에 위배가 되는 것임에도 예외를 허락해 주었으니 말이다.

"다른 존재들도 허락한 것을 보면 마냥 허락한 것은 아닌 것 같은데, 알아볼 필요성이 있다."

나만 허락해 준 것이 아니라는 것에 생각이 미쳤다. 미친 듯이 달리고 있는 탐색자들도 에테르를 사용하고 있으니 말이다.

"이질적인 에테르를 허락한 이유도 중요하지만, 저것이 무엇인지부터 살펴봐야겠군."

에테르말고도 인과율에 얽매이지 않았던 것이 또 있다.

내가 소멸시킨 존재도 이 세계와는 맞지 않는 기운을 가지고 있었는데 시스템이 허용을 했다.

그런데 소멸된 곳에 남아 있는 것이 있었다.

사라진 존재가 입고 있던 갑주와 투구, 대검과 같은 재질로 보이는 금속 구체가 말이다.

가까이 다가가 금속 구체를 집어 들었다.

'아무 기운도 없다.'

부서진 듯 여기저기 패이고 실금이 간 금속 구체다.

조금 전에 느꼈던 이질적인 기운이라고는 눈을 씻고 찾아봐도 없다.

마치 하얀 백지처럼 구체에 남아 있는 기억도 읽혀지지가 않는다.

"이렇게 평범하게 변하다니 흥미롭군. 하지만 단서가 될 수도 있으니……."

느끼지 못할 정도로 몰래 숨어서 나를 지켜본 자가 남긴 것이다. 또 그것이 들키자 살기까지 흘린 자다. 가지고 있다 보면 놈의 정체를 알 수 있는 단서를 찾을지도 모른다.

"들어가 있어라."

품에 넣거나 가지고 다니기 곤란하기에 의지를 일으키자, 아 공간이 생기며 금속 구체를 집어삼켰다.

"최대한 빨리 이 세계에 대해 알아봐야겠구나. 지형도 비슷한 것을 보면 전에 봤던 그런 곳이 있을지도 모르겠군."

생각이 일자마자 처음 게이트 너머에 왔을 때와 마찬가지로 거대한 성이 있을 것 같은 느낌이 강하게 들었다.

인간과 비슷한 유사 인류도 존재할 것 같은 느낌이 들었다.

"확실한 것은 아니지만 확신에 가까운 예감이 드는 것을 보면 분명히 있을 것이다. 마침 그자들도 그쪽으로 향하는 것 같으니 가보자."

파파파파팟!

몸이 회복되었기에 아래를 향해 달렸다.

게이트를 넘어온 직후에 쓸 수 있던 것보다 훨씬 강력한 힘이 내부에서 꿈틀거리고 있다.

알 수 없는 존재와 싸우기는 했지만 아주 수월하게 내려올 수 있었다.

"역시 같군."

뒤를 돌아보니 역시나 처음 봤던 다른 세상과 거의 같은 모습이다.

내려오는 중간에 빙하가 있던 것도 그렇고, 산 정상이 뿌연 안개 같은 것에 가려져 있던 것도 무척이나 비슷하다.

특히나 감각이 침투하지 못하는 안개는 정말 똑같았다.

"그럼 가볼까?"

파파팟!

느낌이 강하게 드는 방향으로 달리기 시작했다.

'이건 생명체다.'

들판을 한참 달렸을까, 이곳에 사는 생명체들의 기척들이 느껴졌다.

'저건 미국에나 있는 것들인데…….'

생명의 기척들은 다름 아닌 들소들이었다.

상당히 큰 체구의 들소 무리가 풀을 뜯고 있는 것이 보인다. 지구의 현실 세계와 다름없는 모습이다.

"으음, 예전의 그 세계와는 조금 다른 것 같군."

야생에서 생활하고 있는 동물들의 모습이 전에 경계를 넘어 보았던 것과는 달리 지구와 같았다.

크기도 비슷했고, 생김새도 완전히 같았다.

들소 무리만 있는 것이 아니었다. 작은 무리의 영양과 사슴들, 그리고 설치류까지 지구와 매우 비슷한 환경의 생태계가 들판에 펼쳐져 있었다.

"조금만 더 가보자."

가려던 방향을 비틀어 들판을 조금 더 가로지르자, 또 다른 생명체가 눈에 보였다. 지구에서는 있을 수 없는 생물종이 눈앞에 있었다.

"으음, 완전히 다른 놈들도 있는 것을 보니 지구와 완전히 같지는 않은 모양이군."

녹색의 번들거리는 가죽으로 뒤덮인 흉측한 괴물들이 들소들을 사냥하고 있었다.

재미있게도 녹색의 피부를 가진 괴물들은 인간처럼 이족 보행을 하고 있었다.

'나름대로 도구를 다룰 줄 아는 모양이군.'

괴물들은 하나같이 가죽 같은 것으로 하체를 가리고 있었다.

거기다가 조잡한 나무창도 들고 있는데, 무리에서 떨어져 나온 들소를 사냥하고 있었다.

'조금 더 접근해 보자.'

들키지 않기 위해 바람을 마주하며 조심스럽게 사냥 중인 괴물들에게 가까이 다가갔다.

들킨다고 해도 문제가 될 것은 없지만 생태계가 어떤지 살펴보고 싶어서다.

끼기기!

끼기!

괴물들은 연신 요상한 소리를 질러 대며 들소를 포위한 채 연신 창을 찔러 대고 있었다.

'만만치 않았나 보군.'

사냥을 하다가 들소의 뿔에 당한 듯, 몇 마리의 괴물들은 몸에 커다란 구멍이 뚫린 채 바닥에 쓰러져 있었다.

푹!!

다른 놈들보다 덩치가 반이나 더 큰 괴물이 창을 찔러 넣으며 들소의 숨통을 끊었다.

카아아아!

놈은 조금 전과는 달리 광포한 소리를 지르며 들소의 몸통 위로 올라가 창을 번쩍 들어 올렸다.

끼리리리!

끼리리!

나머지 괴물들이 마치 환호하는 것처럼 소리를 지르며 빙글빙글 돌며 춤을 췄다.

카아아!

들소 위에 올라간 괴물이 소리를 지르자, 춤을 멈춘 허리춤에서 돌칼들을 꺼내 들더니 들소에게 달려들었다.

그러고는 칼로 배를 갈라 내장을 꺼내더니 게걸스럽게 먹어 댔다. 우두머리 괴물은 그중 들소의 심장을 손에 쥐고 뜯어 먹었다.

끼기긱!

내장을 다 먹은 괴물들은 대장의 지시에 도축을 시작했다. 가죽을 벗겨내고 고기를 잘랐다.

'명령 체계가 잡혀 있는 것도 그렇고, 조잡하지만 단검을 이용해 들소를 해체하는 것도 그렇고, 나름대로 체계가 잡혀 있는 모양이로군.'

괴물들은 잘라낸 고기를 가지고 있던 창에 꿰기 시작했다.

괴물들의 수가 스무 마리가 넘는 터라 나눠서 드니 상당한 양의 들소 고기지만 충분히 들고 갈 수 있어 보였다.

'협동심도 있는 것 같고… 어쩌면……'

무기를 다루는 것도 그렇고, 무리를 이루어 서로 협동하고 있는 것이 이채롭다.

'으음, 동족을 먹다니.'

그들이 유사 인종일 수도 있다고 생각했지만, 눈앞에 보이고 있는 광경으로 인해 생각을 접어야 했다.

들소의 뿔에 꿰뚫려 죽어 나자빠진 동료들을 도축하듯 잘라내 창에 꿰고 있었으니 말이다.

'그냥 괴물들이로군. 저런 놈들을 몬스터라 부른다고 했나. 더 이상 시간을 낭비할 필요는 없는 것 같군. 일단은 원주민들이 있는 곳까지 가보자. 그곳에서는 이곳이 어떤 세상인지 알 수 있겠지.'

몬스터들을 신경 쓸 시간이 없었다.

이곳에 존재하는 원주민을 살펴봐야 했기에 조심스럽게 사냥터를 빠져나왔다.

파파팟!

기척이 파악되지 않을 만큼의 거리로 물러난 후, 다시 발걸음을 재촉했다.

한 번 발을 옮기면 대략 10여 미터를 미끄러지듯 움직였다.

조금 전 보다 속도를 줄인 것은 많은 생명체가 주변에서 느껴졌기 때문이다.

성이 있을 것으로 보이는 방향으로 가는 동안, 현실 세계에서 보이는 동물들과 몬스터로 분류될 만한 것들을 볼 수 있었다.

전에 넘어갔던 세계와 현실 세계를 뒤섞어 놓은 것 같은 모습에 궁금증이 커져만 갔다.

'역시.'

멀리서 농지 같은 것이 보였다. 같은 종류의 식물이 구획된 공간에 연이어 있는 것을 보면 누군가 기르는 것이 분명했다.

'조금 더 가보자.'

관리하는 곳이나 거주하는 공간이 보이지 않았기에 다시 달리기 시작했다.

그렇게 네 시간 정도 달렸을까, 전에 봤던 것보다 더 거대한 성벽이 보이기 시작했다.

'으음.'

성벽을 빙 둘러 장막 같은 것이 쳐져 있었다. 내 기감으로도 안을 살필 수 없었다.

이곳 세계에서 처음 봤을 때 느껴졌던 기운들이 감싸고 있었다. 성에서 살고 있는 이들이 친 것이 아니라는 뜻이었다.

'아직까지 개방이 되지 않은 것인가?'

이쪽 세계가 존재감을 드러내기 시작하기는 했지만 완전히 자리 잡은 것은 아닌 모양이다. 감싸고 있는 기운도 그렇고, 자리를 잡았다면 성벽 안쪽이 조금이라도 느껴졌을 테니 말이다.

'조금씩 옅어지는 것을 보면 금방 자리를 잡을 테니 기다려 보자.'

성으로 들어가는 입구에서 자리를 잡고 장막이 걷히기를 기다렸다.

오는 동안 여러 가지 식물들이 경작되고 있는 것을 봤다. 현실 세계와 같은 종류도 있었고, 한 번도 보지 못했던 것들도 많이 있었다.

슬슬 배도 고프기 시작해서 그중에 하나를 먹어보기로 했다.

'겉보기엔 과일 같아 보이는데 한 번 맛을 볼까?'

성벽에서 1킬로미터 떨어진 곳에 1미터 80센티미터가 넘는 내 키보다는 약간 작은 나무들이 키워지고 있었다.

대략 10킬로미터 넓이로 성벽을 둘러 키워지고 있는 나무들 이었다.

보기에도 탐스러울 정도로 주먹 크기의 녹색 열매들이 달려 있는데, 달달한 향기가 풍겼다.

나무에서 과일 하나를 따서 베어 물었다.

와삭!

"음."

달달하면서 시원한 청량감이 느껴지는 맛이었다.

"쩝! 쩝! 주식으로 먹는 것은 아니겠고, 음료수나 과일주를 만드는데 사용하는 것인가 보구나."

생전 처음 맛보는 것이지만 아주 맛이 좋았다. 나도 모르게 몇 개를 따서 먹었다.

와삭!

"응?"

여섯 개째 과일을 베어 물다가 인기척을 느꼈다. 그것도 성안이 아니라 바깥쪽에서 말이다.

더군다나 세 명의 인기척을 쫓고 있는 수많은 몬스터까지 성을 향해 달려오고 있는 중이다.

"아직 시간이 있군. 와삭!"

한바탕 몸을 풀어야 할 것 같아 과일을 마저 먹어치웠다. 손에 묻은 과즙을 상의에 닦은 후 기척이 느껴지는 곳을 바라보았다.

"인간이군, 그것도 현실 세계의⋯⋯."

현실 세계에서나 느낄 수 있는 인간 특유의 기운이 느껴졌다. 게이트를 넘어 온 자들이 분명하기에 더욱 기감을 넓혔다.

"경작지 안으로는 들어가지 못하는 건가?"

놀랍게도 쫓기는 자들이나 쫓고 있는 몬스터 모두 경작지가 아니라 아주 거대한 농로를 따라 오고 있었다.

방향을 잘못 잡아 경작지에 들어갈라치면 질겁하며 다시 농로를 따라 달리는 중이다.

경작지 안으로 들어가지 못하는 것을 보면 뭔가 이유가 있을 것 같았다.

파파팟!

경작지를 따라 농로가 나 있는 것은 과일나무가 있는 곳까지만이었다.

길은 없었지만 과수들 사이는 대여섯 사람이나 마차 정도는 충분히 지나갈 정도로 넓었기에 성까지 가는 것은 길이 없어도 충분했다.

과일나무들을 지나 다른 경작물들이 있는 곳까지 오자 사람들이 보였다.

쫓기는 자들의 면면을 보면서 누군가가 생각이 났다.

전투 슈트와 현대식 장비를 차고 있는 이들은 스승님에게 누차 들었던 적이 있는 자들이었다.

　비록 말로만 설명을 들은 이들이지만 확연히 알 수 있었다.

　한눈에 보기에도 구별이 갈 정도로 개성이 넘치는 사람들이
니 말이다.

제3장

타타타타탕!

쫓기는 이들은 도망을 치면서도 자신을 쫓고 있는 몬스터들을 향해 연신 총을 발사하고 있었다.

'기력을 아끼고 있는 것이 아니었군. 테라 나인에게 심각한 문제가 있다고 하더니 그런 것 같구나.'

자세히 탐색을 해보니 내부에 아주 미량만 남아 있는 것이 기력을 아끼는 것처럼 보이지는 않았다.

쓸 수 있는 능력이 거의 고갈된 모습이다.

탐색대는 제일 먼저 들어가서 게이트 내부의 세계를 살펴 정보를 전달하는 자들이다.

일종의 전위 조직으로, 이면 조직들의 무력을 대표하는 자들이기도 했다.

스승님께서 게이트를 넘나드는 탐색자들 중에는 자신의 몸에 기운을 담을 수 있는 한계가 있는 자들이 있다고 했었다.

'이런!'

까무잡잡한 게 성깔이 있어 보이는 자가 후위를 맡고 있는데, 너무 지쳐서인지 몬스터들에게 잡힐 것 같았다.

나도 모르게 곧바로 손을 내뻗었다.

슈아아앙!

콰쾅!!

파공음과 함께 폭발이 일어났다.

공기를 압축시켜 내뻗은 후 제어를 풀어버렸기 때문에 벌어진 폭발이다.

터터터터틱!

기압 차를 이용한 공격에 몸이 뭉개지거나 팔다리가 떨어져 나간 몬스터들이 사방으로 튀어 올랐다가 바닥으로 떨어졌다.

'이 정도 위력이면 꽤 괜찮군. 역시 몬스터는 몬스터인가?'

몰려오던 몬스터들이 갑작스러운 폭발에 어리둥절한 표정이다. 한 번 손짓에 200여 마리의 몬스터들이 죽었기 때문인지 다를 상황을 파악하지 못하고 있었다.

'이제 제대로 펼칠 수 있겠구나. 어디 한 번!'

이번에는 몬스터들이 있는 곳의 공기를 압축시켰다. 풍천신을 펼쳤었기 때문인지 아주 수월하게 된다.

콰드득!

크악!

카악…….

몸이 쪼그라들며 뼈가 부러지자 고통스러운 듯 몬스터들이 괴성을 질러 댄다.

콰드드드득!

비명소리도 잠시, 공기를 압축하는 지점에 있던 몬스터들이 한 줌 고깃덩어리로 변하는 것은 순식간이다.

'후후후, 그것이 끝이 아니다.'

압축시킨 공기의 제어를 풀어버렸다.

쾅! 쾅! 콰─콰콰쾅!!!

압축된 공기가 팽창하며 쪼그라든 몬스터들의 육체가 폭발했다.

퍼퍼퍼퍼퍼퍼퍽!

"키악!"

"끄으윽……."

뼈와 살점들이 총알처럼 빠르게 퍼져 나가며 다른 몬스터들을 공격했다.

수십 마리의 몬스터들이 고깃덩어리로 변했고, 폭발의 여파로 몇 배의 몬스터들이 죽어 나자빠졌다.

농로를 따라 100여 미터의 공간이 몬스터가 뿌린 피와 살점들로 가득 채워졌다.

쿵! 쿵! 쿵!

날렵하고 빨라서 선두에 서서 추적을 하던 몬스터들에 비해 커다란 놈들이 뒤쪽에서 튀어 나왔다.

'스승님께 설명을 들었던 몬스터들이다. 저건 오우거고, 다른 놈들은 트롤이로군.'

처음 보는 몬스터들이지만 어떤 놈들인지 금방 알 수 있었다. 스승님에게 워낙 자세하게 들었기 때문이었다.

파파팟!

빠르게 앞으로 튀어나가 쫓기던 세 사람의 앞을 막아섰다.

대형 몬스터들은 죽어 나자빠진 몬스터들의 사체를 짓밟으며 뛰어왔다.

찌르고 베어버리는 참진팔격을 시전했다.

허공에 그려지는 손동작을 따라 기운이 뻗어나갔다.

슈슈슈슈!

찌르는 데 특화된 일격이 먼저 다가오던 트롤들의 심장 부위로 쏟아졌다.

퍼퍼퍼퍽!

콰—직!

갈비뼈를 부숴 버리자 피부가 푹하고 꺼졌다.

아무리 재생력이 뛰어나다고 해도 심장이 박살 난 트롤들은 더 이상 움직일 수 없었다. 마찬가지로 심장이 박살 남과 동시에 땅바닥에 나뒹굴었다.

트롤만 있는 것이 아니기에 다시 손을 썼다.

슈슈슈슈슈슈슈슝!

서걱!

손을 뻗자 칼날을 방불케 하는 기운이 사방을 휩쓸며 오우거의 목이 순식간에 잘려 버렸다.

이미 죽음을 맞이한 육신은 달려오는 속도를 이기지 못하고 땅바닥을 굴러야 했다.

쫓기고 있던 세 사람이 놀란 눈으로 나를 바라보았다. 일단 과일나무가 있는 곳을 가리켰다.

눈치가 빠른 것인지 세 사람은 곧바로 과일나무가 있는 곳으로 신형을 옮겼다.

'이제 저놈들을 잡기만 하면 되는군.'

세 사람을 과일나무가 있는 곳으로 피하라고 한 것은 이유가 있어서다.

오거와 트롤들을 처리하는 동안 다른 몬스터들은 세 사람을 습격할 기회를 노리고 있었다.

몬스터들은 세 사람을 향해 움직이면서도 과일나무들이 있는 곳으로는 절대로 들어가려 하지 않았다. 잡아먹을 수 있는 아주 좋은 기회인데도 말이다.

몬스터들이 과일나무 근처에 가지 않는 데는 이유가 있다.

과일나무에서 특이한 현상이 발생하며 몬스터들을 막아섰기 때문이다.

아까도 본 장면이다.

몬스터가 과일나무 숲으로 진입을 하려고 하면 은은히 발하는 녹색의 장막이 생겨나며 앞을 막아섰다.

몬스터들이 뒤로 물러서면 장막이 걷히고 청아한 향기가 퍼져 나갔는데, 어찌 된 일인지 몬스터들이 기겁을 하고 뒤로 물러섰다.

'저 과일나무들을 극도로 싫어하는군. 맛이 좋은 것만으로 기르는 것이 아닌 것 같기는 하지만 어째서 그런 것인지는 나중 일이고.'

몬스터와 성벽 주위로 심어진 과일나무는 상극 같아 보였기에 흥미가 일지만 눈앞의 몬스터가 우선이다.

트롤과 오우거가 죽은 이후 주춤하기는 했지만 괜히 몬스터가 아니었다.

어느새 눈에 붉은 광기가 돌더니 미친 듯이 나를 향해 달려오고 있었다.

'후후후, 시작해 볼까!'

기운을 손끝에 싣자 녹색의 강기가 뻗어 나와 몬스터의 심장을 찌르고, 가차 없이 목을 잘랐다.

휘도는 발이 몬스터들의 몸통을 뭉개 버렸고, 삼격이 터지자 강기 다발이 쏟아져 앞서 달려오던 놈들이 박살이 나며 뭉텅이로 쓰러졌다.

팟!

공중으로 5미터 가량 떠오른 후 기운을 휘돌려 바로 뒤에 있는 몬스터들을 향해 발을 내리찍듯 휘둘렀다.

콰지지지직!

반경 10미터의 공간 안에 있던 몬스터들이 찍 소리도 내지 못하고 압살을 당했다.

그러고는 떨어지기가 무섭게 주저앉으며 낮게 발을 휘둘렀다.

사방으로 튀어 오르는 몬스터들을 향해 손끝에 기운을 실어 쳐냈다.

퍼퍼퍼퍼퍼펑!

터져 나가는 몬스터들로 인해 허공에서 녹색의 피와 살점들이 비처럼 쏟아져 내렸다.

누르고, 띄우고, 휘돌려 묶은 후 터트리는 참진팔격의 후반 오격이 연이어 터지자 몬스터들이 일거에 박살이 났다.

지금의 이건 싸움이 아니라 일방적인 학살이었다.

오격의 흐름을 따라 삼격을 연이어 터트리며 앞으로 치달리기 시작했다.

앞으로 달려 나가며 그저 참진팔격을 펼칠 뿐이지만, 뒤에 남는 것은 처참하게 박살 난 사체들뿐이었다.

몬스터들에게는 재앙이었다.

'이제 끝났나?'

2킬로미터가 넘는 농로 주변에 더 이상 서 있는 몬스터가 보이지 않는다.

'내가 강해진 건가? 아니면 몬스터들이 약한 것인가?'

지나오는 동안 아무것도 인식되지 않았다. 그저 기운의 흐름에 따라 몸을 움직였을 뿐인데 벌써 끝이 났다.

엘리멘탈들의 아이들과 뭣 모르고 싸웠을 때와는 완전히 다른 상황이다.

몬스터들과는 비교할 수 없을 정도로 강한 아이들이기에 비교가 되지 않아 내가 강해진 것인지 확신이 들지 않는다.

'무아지경에 가까울 정도로 빠져 있어서 잘 모르겠지만, 그때보다는 조금 더 강해졌겠지. 그때는 조금 삐걱대는 면이 없지 않았으니까.'

지금의 육체가 내 몸이 아닌 것 같기는 하지만 기분은 조금 후련하다.

법문과 무예를 숭상하는 천문 중 하나인 천환(天宦)의 장령으로서 소임을 조금이나마 한 것 같아서다.

스승님과 같은 항렬이었던 김형식이 사문을 배신한 후 무너지다시피 한 천환이다.

이를 다시 일으켜 세우기 위해서는 참진팔격을 완성하는 것이 첫 번째라는 스승님의 말씀을 지키고 있다는 생각이 들었다.

'그나저나 장비도 그렇고, 생김새로 봐서는 미국 쪽이면 조

직 사람들 같은데 말이야.'

과일나무 숲속에서 떨리는 눈빛으로 나를 바라보는 세 사람이 보였다.

경악으로 물든 눈빛을 하고 있는 세 사람은 여기저기 찢긴 전투 슈트를 입고 있었는데, 아무래도 미국 쪽 사람들 같다.

회귀 전에 러시아에서 보았던 골든 게이트의 전투 슈트와 많이 닮았으니 말이다.

'이야기를 한 번 나눠봐야겠군.'

저들은 처음 봤을 때 생각난 스승님의 말씀처럼 미국의 이면 조직 중 하나인 골든 게이트의 전위인 테라 나인이 분명해 보였다.

"차원을 넘어온 것이 확실하기는 하지만……."

내가 들어온 게이트 말고도 다른 곳이 있을 수도 있기에 확인을 해봐야 할 것 같다.

생각할 여유도 없이 제법 빠른 속도로 세 사람 앞으로 다가갔다.

"당신은 누구요?"

"인사는 생략하고, 우선은 네게 묻겠다. 너희가 이곳에 오게 된 계기는 골든 게이트에서 파견된 것 같은데, 내 말이 맞는 것이냐?"

회귀 전에 마스터한 영어로 물어봤다.

"으음."

"어떻게?"

"누구냐?"

각자 다른 반응을 보이고는 있지만 내 짐작이 틀림없는 것 같다.

'틀림없군.'

내가 들어온 곳이 아니라 다른 게이트가 있다는 사실에 조금 흥분이 된다.

"당신은 어디 소속이요?"

"후후, 소속 같은 건 없다."

영어를 사용할 줄 알기에 영어로 대답했다.

"실례지만 당신이 지구인은 맞는 것이요?"

탱크가 단도직입적으로 물었다.

"일단은 맞는다고 대답하지. 으음, 너희들 소속은 골든 게이트의 테라 나인인 것 같은데 각자 이름이 뭐지?"

"태, 탱크요."

"탱크라. 그러면 저쪽이 제레미이고, 다른 사람은 유리안이겠군."

세 사람 다 놀라는 표정이다.

골든 게이트 소속 능력자 중에서 가장 유명한 자신들이었지만, 정확히 아는 이는 드물기 때문일 것이다.

회귀 전에 러시아에서 수없이 들었던 이름들이지만, 블리자드도 정체를 파악하지 못했던 사람들이다.

나도 세 사람에 대해서 스승님께 듣지 않았더라면 아마도 몰랐을 것이다.

"그나저나 어떻게 이 세계로 넘어온 건가?"

"옐로스톤 국립공원에서 게이트가 열렸소. 그곳을 통해 이곳으로 왔지만……."

"무슨 일이라도 있었나?"

"이 세계가 변하면서 우리가 들어왔던 게이트가 사라졌소."

"그렇군. 자네들은 여기에 언제 들어온 거지?"

"1996년 8월 31일에 게이트가 열려 이곳으로 들어올 수 있었소."

시간상으로 보아 이 세계로 들어온 지 꽤 되었다.

완전무장을 하고 특별한 슈트를 입고 있다고는 하지만, 사람이 견딜 만한 시간이 아니었다.

"이곳에 들어온 지는 얼마나 된 거지?"

다른 게이트를 열고 들어온 것은 확실하니 다른 것들을 확인해 보고 싶다.

"확신할 수는 없지만, 이곳으로 들어온 지 3개월은 넘은 것 같소."

"3개월이라……."

저들의 인식과 내가 알고 있는 시간이 맞지가 않았다.

'내가 이 세계를 안정시킨 것이 얼마 전이다. 그런데 2년 3개월이나 전에 이곳에 들어왔다면 그때뿐인데……. 으음, 시간의

괴리가 발생한 건가?'

이들이 들어온 시간을 따져 봤을 때, 내가 처음으로 게이트를 귀속시킨 시기와 일치한다.

그런데 이들이 이곳에서 머문 시간과 현실에서의 시간이 차이가 많이 난다.

상당한 차이가 나는 것을 보면 현실 세계보다 이곳의 시간이 늦게 흐르는 괴리가 발생했거나, 시간을 잘못 이해하고 있을 지도 몰랐다.

이곳과 현실 세계의 시간의 흐름이 같지 않을 수도 있다는 사실이 자못 흥미로웠다.

'하지만 그럴 확률은 거의 제로에 가깝다. 이 세계가 나에게 귀속된 곳 중 하나니 말이야.'

세계를 넘나들면 다양한 일이 벌어지기 마련이다. 그러나 이곳은 나와 연결이 된 곳이다.

지구의 현실 세계를 움직이는 시스템과 간접적으로 동조를 시작했을 것이기에 시간의 괴리가 발생할 확률은 매우 적었다

'어찌 된 것인지 그건 차차 알아보면 되고, 몬스터들에게 쫓긴 이유가 궁금하군.'

세 사람이 느끼는 시간이 잘못되었을 확률이 크기에 다른 것을 물어보기로 했다.

아직 세계가 열린 지 얼마 되지 않았다. 몬스터들의 활동이 시작되지 않아야 정상이었기 때문이다.

"그런데 어떻게 해서 몬스터들에게 쫓기고 있었던 것이지?"

"얼마 전에 다시 한 번 세상이 변하는 것을 느꼈소. 우리는 새로운 게이트가 나타났을 것이라 판단하고, 파장의 패턴을 관측하며 이동을 했소. 그렇게 이동하는 중에 거대한 산으로부터 밀려 내려오는 몬스터들과 조우를 하고 말았소. 가히 해일이라 할 만큼 어마어마한 수였소. 산에서 내려온 몬스터들은 사방으로 흩어졌소. 몬스터들의 시선을 피하며 간신히 도망을 치던 중에 한 무리의 몬스터와 마주치고 말았소. 그 뒤로는 조금 전까지 계속해서 쫓겨 도망치고 있는 중이었소."

"그렇군. 세상이 두 번 변했다고 했는데, 어떻게 변한 것인지 자세하게 이야기해 줄 수 있나?"

탱크가 잠시 망설이는 모습을 보였지만 이내 입을 연다.

"우리가 가지고 있는 파장 측정기로는 세상이 어떻게 변했는지는 확실히 알 수 없소. 그러니 내가 알고 있는 것만 설명을 해 드리겠소. 처음 이곳으로 왔을 때는 풀 같은 것밖에는 아무것도 없었소. 첫 번째로 세상이 변한 이후에는 지구에서 흔히 볼 수 있는 일반적인 동물들이 나타났소. 그리고 놀랍게도 두 번째 세상이 변했을 때 몬스터들이 나타났소. 지난 석 달간 한 번도 보지 못했었는데 말이오."

단순하지만 포인트를 정확히 지적하는 대답이다.

'재미있군. 쉽지 않은 대답일 텐데 말이야.'

탱크가 한 대답은 이 세계의 변화를 관측할 수 있는 핵심이 될 수도 있다. 골든 게이트의 전위인 테라 나인이라면 비밀 엄수가 철칙인데, 숨기지 않고 대답해 주는 것을 보니 의외다.

"으음, 그렇군. 그런데 순순히 대답을 해 주는 이유가 뭐지? 비밀일 텐데 말이야."

"별것 없소. 당신이라면 우리에게 이곳을 나갈 새로운 게이트를 찾아줄 것 같아서요. 그리고 무엇보다 당신에게 의탁을 하면 안전할 것 같아서 그런 것이오. 우리는 이곳을 살아서 나가야 하니 말이오."

간단하게 말해 살고 싶다는 말이었다.

"그렇군. 날 따라오도록."

빠르게 걸어 성벽 앞으로 갔다. 세 사람도 내 뒤를 따라 바삐 움직였다.

그렇게 성벽에 다가간 후에야 걸음을 멈췄다.

"헉!"

"헉! 헉!"

"헉!"

멈춰선 나를 보면서 세 사람이 숨을 몰아쉬고 있다.

"헉! 좀 천천히 갑시다."

'이런.'

너무 생각 없이 움직인 것 같다. 평상시대로 움직였으니 저들로서는 따라오기 벅찼을 것이다.

"신분을 증명할 만한 것이 있나?"

"신분을 증명하다니 무슨 말이오?"

의아한 눈빛으로 탱크가 묻는다. 다른 세계에 와서 신분을 증명하는 것을 찾다니 조금은 황당한 것이다.

"저 안으로 들어가려면 신분패가 필요해서 그런다."

"우리가 그런 것이 있을 턱이 있겠소?"

"그렇겠군."

탱크의 표정을 보니 거짓을 말하는 것 같지는 않다.

'이곳에 처음 온 것이 확실하군.'

상시 열려 있는 게이트이고, 이곳에 대해 정보가 있다면 신분패 같은 것은 이미 준비를 했을 것이다.

들었던 대로 처음 온 것이 분명해 보였다.

'다른 게이트를 찾아내려면 이들이 필요한데 신분패가 없으니 곤란하군.'

저들의 육체에는 게이트의 흔적이 남아 있다. 내가 들어온 곳과 다른 곳의 흔적이 말이다.

그리고 나는 그 흔적을 이용해서 지구로 귀환할 수 있는 다른 게이트를 찾을 수 있다.

게이트를 찾기 위해서는 세 사람이 필요한 상황인데 신분패가 없다니 곤란한 상황이었다.

세계가 안정화되지 않은 탓에 당분간은 이곳에 머무를 필요가 있는데 말이다.

'어떻게 할까? 으음. 방법이 없는 것은 아니지만 내가 생각하

는 것이 가능할지 모르겠군.'

세계를 움직이는 시스템에 접속하는 것이 가능하니 신분을 증명할 만한 것을 만들어 낼 수 있는 있을 것 같다.

그렇지만 이곳에서 사용이 가능한 신분패를 만들어내는 것은 나도 장담할 수가 없다.

마법적으로 특별한 처리를 한 것이니 말이다.

'될지는 모르지만 그래도 한 번 해보자.'

일단 시스템에 접속을 하기로 했다.

뇌에 과부하가 걸리는 일이지만 세 사람을 시스템에 인식시키는 것뿐이니 오래 걸리지는 않을 것이다.

— *본질은 지우지 말고 저 세 사람을 이곳의 원주민으로 등록시켜라.*

찌잉!

가벼운 두통과 함께 내가 가지고 있는 세 사람의 정보가 시스템으로 흘러 들어갔다.

인과율에 어긋나지 않도록 시스템에 세 사람이 등록된 것을 확인하는 것은 그다지 어렵지 않았다.

세 사람의 기운이 변화하고 있었으니 말이다.

'이 세상의 기운과 동화된 것을 보니 성공했군.'

나에게 귀속된 세계이기에 생각대로 세 사람을 시스템에 등록하는 것이 가능한 모양이었다.

'다음은 신분패인가?'

신분패를 만드는 것도 그다지 어렵지 않다. 내가 가지고 있는 것과 동일한 물질을 결합시키기만 하면 되니 말이다.

"뭐지?

"으음."

"뭐야."

시스템을 이용해 신분패를 만들어 주려고 생각만 했는데 세 사람의 반응이 이상했다.

놀람과 함께 세 사람이 주섬주섬 품에서 꺼내 든 것은 내가 생각하고 있던 신분패였다.

'생각하는 것만으로 곧바로 저들의 품안에 신분패가 만들어지다니……'

시스템에 접속할 수 있다고는 하지만, 곧바로 신분패가 만들어 진 것은 놀라웠다.

그냥 만들어진 것이 아니라 내가 생각한 그대로를 반영했다는 것이 말이다.

"그것은 너희들 신분패다. 이곳에서 활동하는데 필요하니 잃어버리지 말도록. 너희들은 자유 용병이다. 내 호위로 고용된 것이니 그리 알도록. 그리고 내 이름은 샤인 크리스다."

"아, 알았소."

세계를 넘어와 처음으로 불린 이름을 말해주었다. 엘리멘탈들이 붙여준 이름이지만 의미가 있을 것 같아서였다.

'으음, 이상하군. 연결된 세계라서 그런 것인가?'

이름을 말하는 순간, 내 품 안에 뭔가가 생겨났다.

굳이 꺼내 보지 않아도 알 수 있다. 철모가 내게 건네준 육각형의 패다.

세 사람 것을 만들어 주고 내 것도 만들려고 생각했는데 곧바로 만들어지다니 재미있는 일이다.

'일반적인 신분패가 아닌 모양이군.'

철모가 아무렇지 않게 건네줘서 큰 의미를 두지 않았는데 특별한 것인 것 같다.

신분패가 나타나는 순간, 세 사람의 것과 묘한 공조를 일으키고 있는 것을 보면 말이다.

신분패를 생각하며 걷다가 보니 어느새 성문 바로 앞에 도착했다. 성벽에 드리워졌던 기운은 어느새 사라지고 없었다.

끼기기기긱!

육중한 소음을 내며 성문이 열렸다.

성문이 열린 후 뒤를 이어 격자형의 강철 기둥으로 구성된 문세 개가 성벽 위로 올라가고 있었다.

'전에 들어갔던 성과는 구조가 약간 다른 성이로군.'

성문에서부터 삼중으로 된 격자 철문이 설치되어 있고, 성벽으로 이어진 통로도 꽤나 길었다.

성벽에는 어른 허벅지 크기의 둥근 구멍이 50센티미터 간격으로 빼곡하게 뚫려 있었다.

'구멍 안에서 날카로운 예기가 흘러나오고 있는 것을 보면

창 같은 것이 튀어나가도록 기관이 설치되어 있는 모양이군.'

격자형으로 뚫려 있기는 하지만 옷감을 엮듯 강철로 엮어 있었다. 성벽에 설치된 기관까지 무시하지 못할 과학을 지니고 있는 것으로 보였다.

[당황하지 말고 듣도록. 모든 것이 생소할 테니 되도록 말을 삼가도록 해라. 언어가 다를 테지만 알아들을 수는 있을 테니 행동하는 데는 불편함이 없을 것이다.]

세 사람의 신분패를 만들기 위해 시스템에 접속할 때 언어적인 부분을 손을 대어 보았다.

하지만 아직은 완벽하게 통제가 되지 않은 상태라 그런지 원하는 대로 되지 않았다.

언령을 통해 말에 실린 의지를 알 수는 있게 되었지만, 말을 할 수는 없는 상태이기에 주의를 주었다.

처처처척!

통로 끝에 다다랐을 즈음 병사들이 나타났다.

중장갑을 비롯해 단단하게 중무장한 병사들은 날카로운 눈으로 우리를 노려보았다.

"어디서 오는 누구인가?"

경비를 서는 군사들 중에 지휘자로 보이는 자가 눈을 빛내며 물었다. 품고 있는 기운도 그렇고 상당한 실력자다.

"샤인 크리스라고 합니다. 수련 중에 마나 폭풍에 갇혀 있다가 걷히는 것을 보고 찾아왔습니다."

"그러십니까? 실례지만 신분패를 보여주십시오."

말투가 조금 누그러진 것 같아 안심이 된다.

"여기 있습니다."

"으음, 신분패는 틀림없군요."

내가 내민 신분패에 오러를 집어넣어 확인을 끝낸 지휘자가 고개를 끄덕이며 말했다.

"저는 베라한이라고 합니다. 성함이 샤인 크리스라면 귀족이신 것 같은데 어느 곳에 있는 가문이신지?"

아직도 의심이 풀리지 않은 듯 베라한이 물었다.

"북부 지방에 있는 백작 가문입니다. 영지는 가지고 있지 않고, 작위만 남은 가문이라 이렇게 수련을 하기 위해 떠돌아다니는 중이죠."

"그렇군요. 그러면 저 세 사람은 호종입니까?"

탱크 등을 바라보며 베라한이 묻는다.

"하하하, 아닙니다. 아버지께서 마지막 남은 가산을 정리하시고 붙여주신 자유 용병들입니다."

"그렇군요. 자네들, 신분패를 볼 수 있나?"

말을 할 수는 없었지만 알아들을 수는 있기에 탱크를 비롯한 세 사람은 품에서 신분패를 꺼냈다.

베라한은 오러를 주입해 건네받은 신분패를 일일이 확인했다.

"으음, 세 분 다 침묵의 계약을 한 자유 용병들이군요. 신분패는 이상이 없는 것 같으니 들어가셔도 될 것 같습니다. 하지만 될 수 있으면 소란이 일지 않도록 주의해 주시기 바랍니다. 전에 없이 오랫동안 마나 폭풍이 분 탓에 성민들의 심기가 날카로우니까 말입니다."

"그렇습니까? 그런데 도대체 얼마나 오랫동안 마나 폭풍이 분 겁니까?"

"벌써 3개월이 다 되어 갑니다. 성내에 농지가 있어서 식량을 조달하는 것에는 문제가 없었지만, 오랫동안 갇혀 있어서 그런지 사람들이 조금 날카롭습니다."

"그랬군요. 알겠습니다. 각별히 조심하도록 하겠습니다."

나름 친절을 베푸는 베라한을 향해 말했다.

"즐거운 여행이 되시기를 빕니다."

"고맙습니다. 그런데 혹시나 우리가 머물 만한 여관을 소개해 주실 수 있겠습니까?"

"중앙 대로를 따라 계속 가다보면 오래된 숲이라는 여관이 있을 겁니다."

"그렇군요. 우리는 이만 들어가 보겠습니다."

"그러십시오."

"그럼!"

베라한에게 인사를 한 후 성내로 진입했다. 탱크 등은 조심스럽게 내 뒤를 따랐다.

'다들 밖으로 나가려나 보군.'

마나 폭풍이 걷혀서인지 성문 주변이 분주했다. 성 밖으로 나가려는 마차 같은 것도 많이 보였다.

베라한이 말한 중앙 대로는 한눈에 알 수 있었다.

멀리 보이는 내성 쪽으로 마차 20대가 한꺼번에 다닐 수 있는 대로가 나 있었기 때문이다.

천천히 걸어서 대로를 따라 걸었다. 많은 사람들이 성을 나서기 위해 준비 중이었기에 길가로 걸어야 했다.

'대체로 중세보다는 근대에 가깝다고 해야겠군.'

대로에서 길게 늘어서 대기하고 있는 사람들은 다양한 형태였다.

칼이나 활 같은 냉병기 이외에 총으로 보이는 무기를 소지하고 있는 것도 보였다.

그리고 이동 수단 중에는 말이나 마차뿐만 아니라 원시적인 자동차 같은 것도 보였다.

'근대 수준이라고는 하지만 무시할 수는 없을 것이다. 초인에 가까운 기사들도 그렇고, 이능이나 마법을 사용하는 자도 있는 것 같으니……'

사람들 사이에서 뭔가 점검을 하는 자들이 있었는데, 특별한 기운을 품고 있는 자들이다.

처음 다른 세계로 넘어갔을 때 보았던 기사나 마법사와 비슷한 기운을 품고 있었다.

한참을 걸어가다 대로에 모인 사람들 무리의 끝에 다다랐을 때, 오래된 숲이라는 간판을 단 3층 건물을 볼 수 있었다.

베라한이 말해준 여관이었다.

'여기 화폐를 알 수는 없지만 철모가 준 금화라면 가치가 있을 것이니…….'

이곳에서 사용하는 화폐는 없지만 충분히 묵을 수 있을 것 같아 여관의 문을 열고 들어갔다.

식당을 겸한 1층에는 사람들이 제법 있었다. 천천히 걸어서 카운터로 갔다.

카운터에는 아직 어려 보이는 소녀가 있었다. 여관 주인의 딸인 것으로 보였다.

"어서 오십시오, 손님. 오래된 숲에 오신 것을 환영합니다."

"숙박이 되니?"

"하루 주무시는 데 1실버입니다."

"으음, 장기 숙박을 하고 싶은데 말이야."

"한 달을 묵으시면 25실버고, 아침과 저녁 식사가 제공됩니다."

"그런가. 그러면 한 달 정도 여기서 지내도록 할 테니 방을 좀 다오."

아공간을 통해 미리 손에 쥐고 있던 금화 하나를 꺼내서 소녀에게 주었다.

"거스름돈이 없는데 잠시만 기다려 주시겠어요?"

"그렇게 하도록 하마. 그리고 배가 고프니 이곳에서 제일 잘

하는 것으로 4인분 부탁하고 싶은데, 준비가 되겠니?"

"그럼요. 저기 앉아 있으세요. 바로 준비하도록 할게요. 우리 집은 양 갈비가 맛있어요."

"알았다. 식비는 내가 준 돈에서 제하도록 해라."

"예."

소녀는 종종걸음으로 빠르게 주방으로 들어갔다.

'혹시나 했는데 통용이 되는군.'

철모가 준 금화가 통용이 된다. 이곳 세계가 연결되어 있다는 것을 다시 한 번 확인했다.

나를 비롯한 네 사람은 소녀가 지정해 준 자리로 가서 앉았다.

'괜찮군.'

밖이 보이는 창가 근처였는데, 나름대로 배려를 해준 것 같았다.

얼마 지나지 않아 음식들이 나왔다.

서빙을 한 것 역시 소녀였는데, 양손에 네 개의 접시를 들고 오는데도 별로 힘들어 보이지 않는 것이 경험이 많아 보였다.

"엄마가 특별히 신경을 많이 쓰셨어요. 맛있게 드세요. 그리고 여기, 거스름돈 74실버에요."

소녀는 앞치마에 달린 주머니에서 거스름돈을 꺼내 나에게 주었다.

"앞으로 자주 봐야 할 텐데 이름이 뭐니?"

"샤르네에요."

"예쁜 이름이로구나. 거스름돈은 이것만 받도록 하마."

받은 거스름돈 중 70실버를 제외하고 나머지는 샤르네에게 주었다.

"안 돼요."

"숙박이 하루 1실버라고 했는데 너무 깎아주는 것 같아서 그런다. 손님들이 빠진다고 해도 그렇게 깎아주면 곤란할 테니 말이야."

"고, 고마워요."

"후후후, 내 이름은 샤인이다. 여기는 탱크, 제레미, 유리안이다. 앞으로 잘 부탁한다."

"한 달 동안 잘해 드릴게요."

세 사람을 소개하며 부탁을 하자. 샤르네는 손에 쥔 실버를 꽉 쥐며 말했다.

"자, 별다른 이상은 없을 테니 먹도록 하지."

접시 위에 푸짐하게 놓인 양 갈비를 손에 들고 뜯기 시작했다. 특유의 양고기 비린내도 없고, 아주 맛이 있었다.

세 사람도 나를 따라 양 갈비를 먹기 시작했다.

그동안 제대로 먹은 것이 없는 듯, 마치 흡입하는 것처럼 먹어 댔다.

"저, 여기요."

한참을 먹고 있는데, 샤르네가 커다란 접시 위에 양 갈비를 하나 가득 담아 왔다.

"배가 많이 고프신 것 같다고 엄마가 더 드리래요. 이건 돈을 받지 않는 거예요."

"하하하, 고맙구나. 그런데 가볍게 마실 만한 술이 있니?"

"차가운 맥주가 있는데 가져다 드릴까요?"

"그래, 그런데 맥주는 얼마니?"

"됐어요. 맥주도 그냥 드릴게요."

돈을 꺼내 주려고 하자 샤르네가 사양을 했다.

"아니다. 꽤 많이 먹을 것 같으니 아예 통으로 가져오는 것이 좋을 것 같다."

"으음, 그러면 1실버만 주세요."

"그래. 자, 여기 있다."

1실버를 주자 샤르네가 주방으로 총총히 사라졌다.

'만족한 모양이군.'

맥주를 더 시킨 것은 세 사람의 눈빛 때문이었다.

그간 이 세계를 헤매면서 긴장한 모양이었는지 맥주라는 말에 열망을 보이는 눈빛을 외면할 수 없어서다.

잠시 후, 샤르네가 맥주 한 통을 들고 왔다. 꽤나 큰 통이었음에도 별달리 힘들어 보이지 않았다.

옆에는 샤르네와 비슷한 모습의 여인이 주석으로 된 잔을 들고 왔는데, 어머니로 보였다.

턱!

"맛있게 드세요. 아주 시원할 거예요."

"고맙습니다."

식사를 방해하지 않으려는 듯, 두 사람은 술통과 잔을 내려놓고 곧바로 주방으로 갔다.

나는 술통 아래 박혀 있는 코크를 열어 잔에 맥주를 따라 한 잔씩 세 사람에게 주었다.

그러고는 나도 한 잔을 따르고 세 사람에게 권했다.

"자, 들지."

꿀꺽!

"카아! 좋군."

적당히 시원한 것이 맥주 맛이 좋았다. 처음 먹어보는 것이지만 양 갈비와 아주 잘 어울리는 맛이었다.

세 사람도 맥주를 단번에 마시더니 양 갈비를 뜯었다.

내가 따라 준 탓인지 이번에는 제레미가 빈 잔을 모아 맥주를 따른 후 돌렸다.

몇 순배 돌아가자 맥주 통이 비었다.

나는 샤르네를 불러 맥주 두 통과 안주를 주문했고, 우리 네 사람은 취하지 않는 수준에서 기분 좋게 먹고 마실 수 있었다.

'그동안 제대로 먹지 못했던 모양인데, 이제는 다들 배가 찬 모양이군.'

포만감을 주는 식사와 술자리가 끝나자 다들 만족한 표정을 짓고 있다.

식사가 끝난 것을 본 샤르네가 그릇들을 치우려는지 우리에게 다가왔다.

"다 드셨어요?"

"그래, 아주 잘 먹었다."

"그럼 그릇들을 좀 치울게요."

현재 내 모습이 기사나 다름없는 차림이다 보니 샤르네가 조심스럽게 묻는다.

"그래라. 그릇을 치우고 나면 우리가 묵을 방을 좀 알려 주지 않을래?"

"음, 피곤하신가 보네요. 그럼 먼저 방을 안내해 드릴게요. 오늘 아침에 정리를 끝내서 머무실 만할 거예요."

"그래, 고맙다."

샤르네의 말에 따라 자리에서 일어나 2층으로 향했다.

그녀가 안내를 해준 곳은 꽤나 커다란 방이었다.

"각자 묵을 방을 내주는 것이 아니었니?"

"방 값이 꽤 비싸서 한 방으로 잡았는데요. 침실이 두 개 있으니까 네 분이 충분히 쓰실 수 있을 거예요."

"으음. 방이 좋기는 한데, 혹시 남아 있는 다른 방은 없는 거니? 샤르네."

"방이야 있긴 있지만……."

방 값이 만만치 않은 터라서 그런지 약간 망설이는 눈치다.

"하하하, 돈이라면 상관없으니 각자 쓸 수 있는 방을 잡아 줬으면 좋겠는데 말이야."

"알았어요. 잠시만 기다리세요."

샤르네는 곧장 1층으로 내려가더니 잠시 뒤에 방 열쇠들을 가지고 올라왔다.

"이 방을 기준으로 나란히 쓰시면 될 거예요."

"좋군. 난 이 방을 쓰도록 할 테니 나머지 열쇠들은 나눠 줬으면 좋겠다, 샤르네."

"예, 기사님."

"내 이름은 샤인이다. 앞으로는 샤인으로 부르도록 해라."

"예, 샤인 님."

"여기 1골드다. 나머지는 지내는 동안 식사를 풍족하게 해줬으면 좋겠다."

"히히! 알았어요. 염려하지 마세요."

기분이 좋은 듯 샤르네가 환하게 미소를 지으며 내가 주는 골드를 받았다.

"여기 열쇠 받으세요."

샤르네는 탱크를 비롯한 세 사람에게 각자가 머물 방 열쇠를 주었다.

"샤르네, 그런데 방에서 목욕도 할 수 있는 거니?"

"그럼요. 각 방마다 욕실이 있어요. 수도꼭지를 틀면 물이 나오니 받아서 씻으시면 될 거예요. 그리고 연무장은 여관 뒤편에 마련이 되어 있으니 아무 때나 사용하시면 돼요. 원래 이용료로

20쿠퍼를 받아야 하지만 방을 네 개나 잡으셨으니 머무시는 동안은 공짜로 해드릴게요."

제법 흥정을 할 줄 아는 아이다.

"좋구나. 이제 쉴 테니 그만 내려가도 된다."

"예, 샤인 님."

샤르네가 인사를 한 후 1층으로 내려갔다. 샤르네의 모습이 보이지 않게 되자 세 사람을 보며 말했다.

"각자 방으로 가 씻고 쉬다가 한 시간 뒤 쯤 내 방으로 오도록. 나눠야 할 이야기가 있을 것 같으니 말이야."

"알았소."

사람이 없기 때문인지 탱크가 짤막하게 영어로 말했다. 나는 뒤도 돌아보지 않고 내 방으로 들어갔다.

네 명이 머무는 곳이라서 그런지 방이 꽤나 컸다.

2인실씩 따로 나뉜 침실과 응접실로 쓸 수 있는 공간까지 있어 생각보다 공간이 넓었다.

침실로 들어가자 별도의 욕실이 있었다.

가보지는 않았지만 배웠던 대로라면 현대의 호텔과 비교해도 수준이 떨어지지 않는 침실이었다.

시대는 근세인데 현실과 비슷한 주거 형태라니, 재미있는 일이다.

"좀 씻어야겠군."

몬스터들을 도살하기는 했지만 핏물이 묻지는 않았다.

그렇지만 찝찝한 기분이 들어 씻고 싶었다.

방으로 들어가 걸치고 있는 옷들을 벗고 욕실로 들어가서 샤워를 했다.

제4장

4

쏴―아아!

'후후, 좋군.'

피부에 닿는 물의 느낌이 지구에서보다 좋다. 안마를 받는 것처럼 피곤이 풀린다.

기분 좋게 샤워를 마치고 밖으로 나왔다. 나온 후에 보니 마땅하게 입을 옷이 없었다.

"입었던 것을 그냥 걸쳐야 하나?"

스르르르.

말이 끝나기 무섭게 뭔가 나타나며 내 몸을 감쌌다.

"후후후, 엘리멘탈들의 영향력이 이곳에도 미치는 것인가?"

나타난 것은 몸에 달라붙는 반바지와 셔츠였다.

검은색의 반바지와 진녹색의 셔츠는 일반적인 옷이 절대 아니었다.

재미있게도 철모와 초모의 기운이 깃들어 있는 일종의 엘리멘탈이었다.

'후후, 내가 여기에 있다는 것을 알고 있는 모양이군.'

원하자마자 곧바로 나타나 내 몸을 감싼 것으로 볼 때, 내가 이곳에 있음을 확실히 인지한 것이 분명했다.

이제는 세 사람을 통해 게이트를 확인하기 전에 확실히 파악해야 한다. 계측 장비가 오류를 일으킨 것인지, 아니면 시간의 괴리가 발생한 것인지 말이다. 만약 시간의 괴리가 발생한 것이라면 마냥 게이트를 넘을 수는 없으니까.

술자리를 하는 동안에 유리안이 가지고 있는 장비들을 확인했다.

꽤나 좋은 계측 장비를 가지고 있었던 것을 보면 이들이 시간을 측정한 것은 정확할 것이다. 특별하게 제작된 물건이니 말이다.

스승님께 들었던 기억대로라면 마법적 처리가 된 장비를 사용할 경우 오류가 일어날 확률은 매우 적다.

지금 세 사람이 느끼는 것은 현실 세계에서의 시간일 가능성이 높은 것이다.

그렇지만 내가 알고 있는 시간과는 거의 2년이나 차이가 생간다. 어째서 그런 것인지 확인하기 전에는 절대로 게이트를 넘어서는 안 된다.

시간의 괴리가 발생한 세계를 넘어가는 순간 나는 과거로 돌아가는 것일지도 모르는 일이다.

그것은 현실 세계를 유지하는 인과율에 위배되는 일이다.

비록 다른 몸이기는 하지만 동일한 영혼은 한 세계에 공존할 수 없으니 말이다.

아마도 같은 세계에 있는 순간, 인과율에 의해 소멸을 맞이할 가능성이 매우 높다.

'내가 넘어갈 수 없다면 저들을 내편으로 만드는 것이 최선의 방법인데……'

내가 알고 있던 것들이 뒤틀리기 시작한 이상, 어차피 북한을 탈출해야만 한다.

탈출한다고 해도 그 이후가 문제다. 안전하게 머물 수 있는 거점을 만들어야 했다.

그냥 평범한 사람들이라면 미국은 꽤나 괜찮은 선택지겠지만, 난 아니다. 미국에는 세 개의 이면 조직들이 대립하고 있어 은밀히 세력을 키우기가 어려운 곳이다.

안정적인 정착을 위해서 교두보를 마련해야 한다. 마땅한 방법이 없었는데 세 사람과 인연이 닿았다.

테라 나인의 중추라고 할 수 있는 세 사람이다. 나머지 테라 나인도 절대적으로 따르는 이들이라 회유할 수만 있다면 정착지를 만드는 것은 일도 아니다.

뻐꾸기가 다른 새의 둥지에 알을 낳듯, 골든 게이트 내에 세력을 심을 수만 있다면 근거지를 만드는 것은 여반장이다.

'스승님께 들은 대로라면 테라 나인은 몇 년이 지나지 않아 토사구팽을 당하게 된다. 이들 또한 자신들의 처지를 어느 정도 알고 있는 상태이고. 그렇다면……'

테라 나인은 전위 조직답게 무력이 높기는 하지만, 골든 게이트를 위한 도구에 지나지 않는다. 에테르를 모으고 성장시키는 방법을 알지 못해 골든 게이트에 족쇄가 채워진 상태기 때문이다.

테라 나인이 가장 원하는 것은 골든 게이트에서 벗어나는 것이다. 이들에게 자유를 향한 열쇠를 준다면 회유될 가능성이 매우 높다.

'실력을 더 키워야겠지만 말이야.'

테라 나인이 원하는 것을 보여줄 생각이다. 지금 보유하고 있는 능력을 온전히 자신의 것으로 만드는 방법을 살짝 맛볼 수 있도록 말이다.

세 사람이 내가 보여준 방법에 흥미를 느꼈을 때 원하는 제안을 할 생각이다. 그런 뒤 저들의 소원을 풀어주는 방법으로 옭아매기보다는 마음을 얻을 생각이다.

강제로 곁에 두는 것이 성미에도 맞지 않지만, 탱크와 유리안, 그리고 제레미의 마음을 얻는다면 보다 큰 기회를 얻을 수 있을 테니 말이다.

세 사람이 내 방으로 오고 있는 것을 느끼며 소파에 앉았다.

똑똑!

"들어오도록."

위압감이 느껴지는 목소리에 탱크는 손잡이를 돌려 조심스럽게 문을 열었다.

뒤를 따르는 유리안이 신중한 눈빛을 하고 있는데 반해, 제레미는 꽤나 흥미로운 표정으로 탱크의 뒤를 따랐다.

방으로 들어간 후 간단하게 씻은 세 사람은 탱크의 방에 모여 샤인 크리스라 자칭하는 차훈에 대해 의논을 했었다.

현실 세계에서 넘어온 존재인지, 아니면 자신들이 이계를 연구하듯 반대로 현실 세계를 탐색하고 돌아온 이계의 존재인지 확신할 수 없어서였다.

어떤 존재인지는 확신할 수 없지만 한 가지는 확실했다.

지난 1년 동안 자신들이 그토록 찾기를 소원하던 게이트의 행방에 대해 안다는 것이었다.

"들어왔으면 앉도록 하지."

"하하! 우리 방하고는 아주 다른 것 같습니다."

"네 명이 쓰는 방이니 그럴 것이다."

"그렇군요."

세 사람은 차훈을 마주하고 소파에 앉았다.

"그런데 우리를 보자고 한 이유는 뭡니까?"

자리를 잡고 앉은 탱크가 물었다.

"이 세계 말이지, 너희들이 보기에 조금 이상하지 않나?"

"으음, 조금 이상하긴 하더군요. 시대는 중세 같은데 현대식인 호텔의 방도 그렇고, 아까 성 밖으로 이동하는 사람들 사이에서 총이나, 자동차 같은 것이 보이는 것을 보면 중세와 근대가 혼합된 것 같은 문명을 보유하고 있는 것 같으니 말입니다."

탱크는 자신이 느꼈던 점을 가감 없이 말했다.

"잘 봤군. 이곳은 지구와는 다른 세계라는 것을 너희들도 알 것이다. 문명 또한 다른 방식으로 발전을 해 왔으니 우리 수준에서 생각하면 곤란한 곳이기도 하지."

"나름대로의 문명 수준을 이룩한 곳이라는 뜻이군요."

"맞다. 너희들도 들어올 때 봤으니 느껴서 잘 알 테지만, 이곳에는 기사와 마법사가 실재하는 곳이다. 그들의 능력은 지구에 있는 특급 능력자들의 수준을 능가하지."

"무엇을 말씀하시고 싶은 겁니까?"

탱크가 심유한 눈빛으로 물었다.

그것은 여관으로 오는 동안 이미 느꼈던 것이기에 탱크는 차훈의 진의를 알고 싶었다.

"이곳은 지금까지 이면 조직들이 넘나들던 세계와는 다른 세상이라는 것을 말하고 싶었다. 그리고 이 세계가 변화를 맞이한 것처럼 다른 세계도 변화가 시작되었다는 것도 말이야."

"음."

"으음."

"……."

세 사람은 차훈이 무엇을 말하고 있는지 곧바로 알아들을 수 있었다.

차훈의 말은 게이트 너머의 세계가 이전과는 달라졌다는 뜻이었다.

지구의 인간과 같은 종인지는 알 수 없지만, 지성과 함께 문명을 이룬 종족이 실재하는 세계는 이곳이 처음이었다.

— 유리안, 저자의 말이 사실인가?

— 사실입니다.

탱크가 텔레파시로 진위 여부를 확인했지만, 돌아오는 것은 진실이라는 답이었다.

깊게는 아니지만 간단한 사실 여부를 가리는 것은 유리안의 고유 능력 중 하나이기에 탱크의 고심이 깊어지지 않을 수 없었다.

'으음, 게이트 너머의 세계가 달라졌다니. 언젠가는 조우할 것이라고 예상은 하고 있었지만, 너무 충격적이다. 더군다나 그런 자들이 있으니…….'

성안으로 들어오면서 많은 것을 볼 수 있었다. 충격적인 것은 보통 사람들 사이에 가공할 능력자들이 있다는 것이었다.

게다가 일반인들도 그들이 능력자라는 것을 인식하고 있었다.

'그자들은 자연스럽게 일반인과 섞여 있었다. 일반인들도 그들의 능력을 잘 아는 것 같았고. 여기서는 이능이 일반화된 것인가?'

특급 능력자에 준하는 기사와 마법사들이 일반인과 섞여 능력을 드러내고 있다는 사실은 놀라웠다. 지구와는 완전히 달랐기 때문이다.

'아까 그 아이, 마법사를 보면서 결의 같은 것을 보였지.'

탱크는 성 밖으로 나가기 위해 도열해 있던 소년의 모습이 갑자기 생각이 났다.

무엇인가를 묻는 마법사를 보면서 자신도 마법사가 되고 싶다는 표정이 얼굴에 역력했다.

'어쩌면 이곳은……'

단편적인 모습뿐이었지만, 탱크는 능력을 얻는 것이 지구와는 완전히 다른 형태라는 것을 깨달았다.

스팟이나 게이트에서 흘러나오는 에테르를 통해 각성을 해야만 하는 지구와는 다른 것 같다.

수련 같은 것을 통해 보통 사람이라 할지라도 능력을 얻을 수 있는 것이 분명했다.

― 유리안, 제레미. 이곳에서는 수련을 통해 능력을 얻을 수

있는 것이 틀림없다.

— 정말입니까?

— 저도 그렇게 느꼈는데, 대장도 그랬군요.

놀라는 제레미와는 달리 유리안은 어느 정도 알아차리고 있던 모양이었다.

'충격적인 일이로군. 내가 추측하는 것이 맞다면 지각변동이 일어날 것이다.'

위험한 몬스터들이 있기는 하지만 자신들이 독점하고 있다고 생각한 세계였다.

그런데 유사 인류가 존재한다. 그것도 강력한 능력을 가진 집단적인 자들이 말이다.

게이트를 통해 다른 세계로 넘나들며 세력을 키우던 이면 조직들에게는 충격이 아닐 수 없을 것이다.

스팟이나 게이트를 통해 각성을 해야 하는 것과 달리 수련을 통해 능력을 상승시키는 것이라면 문제가 컸다.

사실 이면 조직들에게는 가히 재앙이나 마찬가지였다.

전력적인 측면에서 확연한 차이가 날 수밖에 없는 구조이니 말이다.

'우리 세계에서는 각성할 수 있는 확률이 10만 명 중에 하나나 둘 정도밖에 되지 않는 상황이니까.'

전쟁이 일어나면 불리할 수밖에 없다. 능력자를 동원을 하는 데 한계가 있기 때문이다.

감추어 둔 전력이 있다고는 하지만, 여관으로 오는 동안 보았던 상황으로 봐서는 지금 자신들이 머물고 있는 성과 같은 것들이 더 있지 말라는 보장이 없었다.

상황을 명확하게 파악하기 위해서는 의논을 할 필요가 있었다.

— 유리안, 우리야 시간이 많이 흘렀으니 이미 죽었다고 결론이 났을 것이다. 문제는 수하들이다. 게이트가 열리면 임무를 수행하기 위해 이 세계로 들어올 텐데 아까 그런 자들과 부딪치게 되면 오로지 죽음뿐이다.

— 맞는 말씀입니다. 수하들이 여기에 있는 자들과 부딪치면 죽음뿐입니다. 수하들이 게이트를 넘는 것을 막아야 합니다.

게이트가 열리게 되면 남아 있는 테라 나인이 들어올 것이 분명했다.

지하자원이나 몬스터로부터 채취하는 마정석을 얻기 위해서 말이다.

게이트를 넘어와 성안에서 보았던 기사나 마법사에게 발각이 된다면 그저 전위에 불과한 테라 나인은 죽음을 면치 못할 것이 분명했다.

— 그렇기는 하지만…….

스팟은 사라지지 않았을 테니 게이트는 다시 열릴 것이다.

그렇게 되면 지구에 남아 있는 수하들이 넘어 오는 것은 분명한 사실이었다.

하지만 지금으로서는 그것을 막을 방법이 없었다.

"후후후, 이야기는 다 나눴나? 세계가 변했고, 이 세계에 강력한 능력자들이 있으니 고민이 많은 모양이로군."

"헛!"

"음!"

"으음."

차훈의 말에 세 사람은 놀라지 않을 수 없었다.

자신들이 고정한 주파수의 텔레파시를 엿듣지 않았다면 흘러나올 말이 아니었기 때문이다.

텔레파시를 도청한다는 것은 거의 불가능한 일이다.

특급 능력자 중 에테르의 에너지 파장을 분석해 도청하는 자가 있기는 하다.

그러나 그것도 어려운 일이다. 이면 조직의 전쟁 중에 방지하는 방법이 생겼기 때문이다.

서로가 약속한 특별한 패턴의 주파수를 가진 텔레파시는 그런 특급 능력자라 하더라도 엿들을 수 없다.

거의 불가능한 일을 차훈은 아무렇지 않게 하고 있었기에 세 사람의 마음은 더욱 심란해 졌다.

"우리가 나누는 텔레파시를 들을 수 있는 것이오?"

"후후후, 그냥 들리더군. 그 조잡한 사념이 퍼지는 것을 내가 막지 않았다면 경비병들이 벌써 들이닥쳤을 것이다."

"무슨 소리입니까?"

"이곳에서는 삼가는 것이 좋을 거다. 이곳의 마법사들 수준이라면 그런 조잡한 텔레파시를 캐치하는 것은 손쉬운 일이니말이다."

무슨 말인지 알 수 있었다.

약속된 패턴이라 할지라도 이곳에 존재하는 마법사라면 파악이 가능하다는 것에서 자신들이 위험한 처지에 놓일 뻔했음을 인지했다.

"고, 고맙습니다."

"천만에."

차훈의 대답을 들으며 탱크의 눈이 묘하게 빛났다.

'텔레파시가 퍼지는 것을 막았다면 우리에게 원하는 것이 있어서 그랬을 것이다.'

차훈의 의도를 확인해야 했기에 탱크가 입을 열었다.

"우리에게 원하는 것이 무엇입니까?"

"나는 테라 나인을 원한다."

'우리를 원한다는 말인가?'

제약이 있기에 골든 게이트를 벗어날 수 없다. 지금까지 상황을 보면 그런 정도는 알 수 있을 텐데 자신들을 원한다니 정확한 의도가 무엇인지 읽혀지지가 않았다.

"테라 나인이요? 우리를 원한다는 말입니까?"

"그래, 말 그대로 너희 셋을 비롯해 지구에 남아 있는 나머지 테라 나인을 내 휘하로 거두었으면 한다."

"우리뿐만이 아니라 나머지 모두 말입니까?"

"그렇다."

'으음, 이자는…….'

단호한 대답에 탱크는 한 가지 사실을 알 수 있었다. 눈앞에 있는 차훈이 게이트를 넘어 지구로 귀환할 수 있는 방법을 알고 있다는 것이었다.

"우리를 지구로 돌려보내 줄 수 있는 것 같은데, 제 말이 맞습니까?"

"그렇다."

"그렇군요. 그러면 하나 묻겠습니다. 당신은 이 세계의 사람입니까? 아니면, 지구의 사람입니까?"

차훈의 출신이 모호했기에 탱크는 묻지 않을 수 없었다.

"그건 대답하기 조금 곤란하군. 나도 그것에 대해서는 확실하지가 않아서 말이지."

자신이 어떤 존재인지 확실히 모르기에 차훈의 대답 또한 마찬가지였다.

"대장, 저 사람의 대답은 사실입니다."

옆에 있던 유리안이 고개를 끄덕이며 탱크에게 말했다.

'의도가 뭔지는 모르겠지만 적어도 우리를 속이지는 않는 모양이군.'

유리안은 상대의 진실성을 파악하는 능력을 지니고 있다. 그리고 유리안이 가진 능력은 특급 능력자라 해도 통하는 것이다.

'사실이라면 우리가 얻을 이득이 뭔가 하는 것인데……'

상대가 적어도 거짓을 말하지 않는다는 것을 확인한 탱크는 어느 정도 마음이 기울었다.

도륙하다시피 몬스터를 처리하던 것을 봤을 때, 차훈은 얼마만큼 강한지 측량할 수 없는 능력자였기 때문이다.

'그래! 어차피 생각하고 있었던 일이다. 이번 기회에 이자에게 의탁하는 것도 나쁘지는 않을 것이다.'

예전부터 골든 게이트에 묶인 족쇄를 풀고 싶었기에 차훈 강자에게 의탁을 하는 것도 그리 나쁘지 않았다.

문제는 자신들이 얻을 실제적인 이익이 무엇인가였다. 자신들을 원하고 있다면 최대한 이득을 취해야 했다.

"좋습니다. 우리를 수하로 원한다고 했는데, 해줄 수 있는 것은 무엇입니까?"

"너희들을 지구로 돌려보내 주겠다. 그리고 마르지 않는 원천의 힘도 너희들에게 주겠다."

"마르지 않는 원천이요?"

자신들을 지구로 가게 해주겠다는 것은 이미 예상한 일이었다. 하지만 두 번째는 말뜻을 몰라 탱크가 반문했다.

"믿기지 않겠지만 나는 너희들에게 채워진 족쇄를 풀 수 있는 능력을 가지고 있다. 그리고 지금 너희들이 가지고 있는 힘을 능가하는 능력을 가질 수 있게 도와줄 수도 있다."

"에, 에테르를 순환시킬 수 있게 해주겠다는 말입니까?"

믿을 수 없었기에 탱크가 반문했다.

차훈이 말한 것은 조직의 진혈이 아닌 자들에게는 불가능의 영역이었기 때문이다.

"그렇다."

"하하하, 믿을 수가 없군요. 믿을 수가!"

차훈의 확답에 탱크는 고개를 저었다. 그것은 다른 두 사람도 마찬가지였다.

차훈이 알려주겠다는 것은 에테르 맵이다.

에테르를 내부에서 순환시켜 축적시키는 탓에 에테르 회로라고 불리는 것이기도 하다.

모든 이면 조직들이 사활을 걸고 철저하게 비밀로 유지하고 있는 것을 알려주겠다니 도저히 믿을 수가 없었다.

"후후후, 지금은 믿지 못하겠지. 하지만 조만간 믿을 수 있게 될 것이다. 내 말이 거짓이 아님을."

"좋습니다. 그렇게 된다면 10년간 당신을 따르도록 하지요."

에테르로부터 자유로워지는 것이 평생의 숙원이기는 하지만 그대로 따르고 싶지는 않았다.

자유를 원하기는 하지만 속박은 원하지 않기에 기한을 두어 대답을 했다.

"10년이라. 그 정도면 괜찮겠군."

"하지만 그 전에 당신과 대련을 해보고 싶습니다."

차훈의 말에 탱크가 단서를 달았다.

얼마 전 몬스터들을 상대하는 것을 보면서 자신들보다 훨씬 강하다는 것을 세 사람도 이미 알고 있었다.

그럼에도 자신들이 의탁할 대상이 얼마나 강한지 한 번 직접 느껴보고 싶은 것이 세 사람의 솔직한 심정이었다.

'재미는 있을 것 같군. 세 사람의 실력을 확인해 볼 필요도 있을 것 같고.'

자신을 이길 수 있는 특별한 방법이 있는 것이 아님에도 차훈은 확인을 하고 싶어 하는 탱크의 마음이 이해가 갔다.

"내가 얼마나 강한지 알고 싶다는 거군. 좋아, 그렇게 하도록 하지."

"그럼 우리는 이만 나가보겠습니다."

"한 시간 뒤에 연무장에서 보는 것이 좋겠군."

"그렇게 하지요. 그럼 저희는 이만."

탱크는 두 사람을 거느리고 방을 나섰다.

휘하로 들어가는 것은 이미 결정을 내렸지만 잠시 뒤에 있을 대련이 무척이나 기대가 되는 세 사람이었다.

"후후후, 역시나 만만치 않은 자야."

골든 게이트를 떠나기 위해 반기까지 들었던 이가 탱크다. 반란의 끝은 죽음뿐이었지만 그가 이끌던 테라 나인은 골든 게이트의 전력을 반감시켰다.

만약 그와 테라 나인이 에테르 맵을 가지고 있었다면 골든 게이트가 사라졌을지도 모른다는 것이 세간의 평가일 정도로 탱크는 뛰어난 자였다.

세 사람이 방을 나간 후 잠시 생각을 하다가 시간에 맞추어 옷을 갈아입고 후원에 있는 연무장으로 갔다.

'각오를 단단히 하고 온 모양이군.'

세 사람은 이미 연무장에 나와 나를 기다리고 있었다.

여기저기 찢겨진 전투 슈트를 입고 있어 볼품없는 모습이기는 하지만 나를 향한 투기만큼은 매섭기 그지없었다.

상대가 되지 않는 것을 알면서도 전의를 돋우는 세 사람의 모습은 무척이나 인상적이었다.

'저들 셋이라면 조금 힘을 써야 할지도 모르겠군.'

아직까지 밝혀지지 않은 사실이지만 세 사람은 테라 나인의 중추라고 할 수 있다. 나머지 두 팀이 존재하기는 하지만 실제로는 세 사람의 팀원들일 뿐이다.

유리안을 중심으로 하는 정보 팀, 제레미를 중심으로 하는 지원 팀, 그리고 탱크를 중심으로 타격 팀으로 구성되어진 테라 나인이 진짜다.

한마디로 내 눈앞에 있는 세 사람이 테라 나인의 진짜 팀장이라는 말이다.

스르르……

팟!

대화를 나눌 것도 없다는 듯 유리안의 몸이 사라지고 탱크의 신형이 번개처럼 다가온다.

내뻗는 주먹을 중심으로 돌기 같은 에테르가 형체를 이루며 전면으로 쇄도했다.

쾅!

파파파파파파팡!

최초의 강력한 일격을 막아내기 무섭게 전신으로 다가오는 공격이 매섭기만 하다.

'눈앞에 있으면서도 내 뒤를 노리는 암격을 날리다니. 후후, 재미있군.'

탱크의 공격이 계속해서 이어지는 가운데 은밀한 기운이 뒤를 덮치는 중이다. 탱크 뒤에 서 있던 제레미가 날린 공격이다.

성급하게 보이는 모습과는 달리 제레미의 능력은 암격에 특화되어 있다.

타고난 스나이퍼이자 암살자라는 뜻이다.

탱크의 공격을 튕겨내며 뒤로 날아오는 암격을 피해 앞으로 나갔다. 순간적으로 탱크를 지나친 후 제레미를 향해 신형을 움직였다.

"헉!"

퍼퍼픽!

헛바람을 삼키는 제레미의 배와 가슴, 그리고 인중에 가볍게 일격을 먹인 후 곧바로 신형을 띄웠다.

팡!!

뒤로 날아가며 전방을 향해 일격을 뻗었다. 공간에 숨은 유리안을 향해서였다.

쏴와아아!

내가 뻗어낸 일격을 따라 검은 기운이 사방으로 퍼졌다.

손에서 튀어 나간 검은 기운은 유리안을 공격하기 위한 것이 아니다. 금기를 유형화시켜 날린 일종의 그물이라고 할 수 있다.

"윽!"

금기로 이루어진 그물이 유리안을 옭아매자 감춰졌던 신형이 드러났다.

퍼퍼퍼퍼펑!

제레미를 무력화시키고 유리안을 잡는 순간, 뒤에 있던 탱크의 주먹이 연신 내 몸을 두들긴다.

공세가 치열하기는 하지만 직접적인 타격을 받는 것은 아무것도 없다.

탱크의 주먹은 내 몸 주변에 흐르는 금기만 때릴 뿐이니 피해는 전무하다.

휘이잉!

앞으로 신형을 전진시키며 손안에 잡은 금기의 그물을 탱크를 향해 휘둘렀다.

그물에 포박된 유리안의 신형이 허공을 크게 휘돌며 탱크를 향해 떨어졌다.

사방에 살기를 심어 이러지도 저러지도 못하게 만들어 두었던 터라 탱크는 날아오는 유리안을 맨몸으로 맞이해야 했다.

쾅!

"크윽!"

70킬로그램짜리 인간 해머에 맞은 탱크가 비틀거리며 뒤로 물러난다.

"더할 생각인가?"

"크으으. 아, 아니요."

툭!

그물을 풀어 갇혀 있는 유리안을 탱크 앞에 놔줬다.

"잠시 기절한 것뿐이다. 제레미도 그렇고."

충격으로 인해 정신을 잃은 유리안을 탱크가 살폈다.

"깨어나면 내 방으로 함께 오도록."

"알겠습니다."

대답을 듣고 신형을 돌렸다.

'잘 선택하겠지.'

세 사람에게 압도적인 힘을 보여줬다. 이제부터 선택은 저들의 몫이다.

삐! 삐!

계측기에서 주기적으로 보내오는 신호에 골든 게이트의 의장인 케인의 눈빛이 암울해졌다.

'여전하구나.'

계측된 신호대로라면 게이트 바로 안쪽에 어마어마한 수의 몬스터들이 우글거리고 있었다.

계측기에 나타난 파장이 뭉텅이로 있는 것으로 봐서는 몬스터가 너무 많아 수를 헤아릴 수 없을 정도다.

'이런 경우는 한 번도 없었는데…….'

능력자들이 게이트를 넘나들기 시작한 이후 한 번도 없던 현상이었다.

간혹 게이트 근처까지 쫓아오는 몬스터가 있기는 했지만 능력자들이 현실로 넘어오면 경계를 넘지 않고 흩어졌는데, 지금은 달랐다.

게이트를 가리고 있는 장갑을 열면 금방이라도 뛰쳐나올 것 같았다.

마치 다시 넘어오기를 기다리는 것 같은 모습은 게이트를 관리하면서 처음 보는 현상이었다.

케인으로서는 마땅한 대처 방법을 찾을 수가 없었다.

"이제 어떻게 하면 좋겠소?"

"장갑을 여는 것도 그렇고, 어떻게 해야 할지 감이 잡히질

않소."

이반의 질문에 대답한 케인이 고개를 흔들었다.

"그럼 이곳을 폐쇄할 생각인 것이오?"

"폐쇄는 아니지만 기다려야 할 것 같소. 위원회에서 결정이 내려지겠지."

"그렇겠군."

골든 게이트 내에서 케인은 실권이 없었다.

모든 권력이 5인 위원회에 집중된 것이 골든 게이트였기 때문이다.

골든 게이트의 의장이기는 하지만 케인은 그저 위원 중 한 사람에 불과했다.

'위원회가 열리게 되면 골든 게이트의 진정한 실력자들이 투입되겠군.'

위원회에서 어떤 결정이 내려질지는 빤했다. 유사 인류가 나타난 다른 세계를 절대 포기할 리 없을 것이기 때문이다.

"위원회가 열린다고 하니 나는 이만 가보겠소. 그동안 이곳을 부탁하겠소."

"염려하지 마시고 다녀오시오."

"그럼."

케인은 이반을 뒤로하고 상황실을 나섰다. 엘리베이터를 타고 지상으로 올라간 케인은 곧장 로비로 나왔다.

'여전하군.'

언제나 번잡한 로비를 지난 케인은 다른 엘리베이터로 향했다. 최고층까지 가는 전용 엘리베이터다.

엘리베이터에 올라탄 케인은 망설임 없이 버튼을 눌렀다.

102층에서 멈춘 케인은 엘리베이터 문 앞에서 수인을 그렸다. 자신이 서 있는 층과 102층의 사이에 있는 특별한 공간을 연 것이다.

엘리베이터 문에 특별한 그림들이 빛을 내며 떠올랐다.

그것은 마법진이었다.

수많은 원과 기하학적인 문양들, 그리고 룬어들이 떠올랐다가 사라지자 엘리베이터의 문이 변해 있었다.

놀랍게도 엘리베이터 문 양쪽에 손잡이가 생겨나 있었다. 케인은 망설임 없이 손잡이를 잡고는 앞으로 밀었다.

케인은 일반인들에게 알려진 곳과는 완전히 다른 공간으로 들어섰다.

엠파이어 스테이트 빌딩의 진짜 최고층에는 위원회가 그를 기다리고 있었다.

케인은 둥그런 원탁에 앉아 있는 네 명의 시선을 피하지 않은 채 자신의 자리에 가서 앉았다.

제일 먼저 5인 위원회의 위원 중 한 명으로, 국방부를 책임지고 있는 도널드가 입을 열었다.

"SW—1 게이트를 아직까지 사용할 수 없다고 들었는데, 아직 문제가 풀리지 않은 것이오?"

"그렇소. 게이트 변화 이후 감지기로 측정되는 몬스터 수가 엄청난 규모이오. 자칫 게이트를 넘어올 수 있기에 아직까지는 닫아둘 수밖에 없는 상황이오."

"의장은 어떻게 할 생각이오?"

도널드가 차가운 어조로 물었다.

"게이트 안에 있는 세계의 사람들과 접촉을 하기는 할 테지만 아직은 시기상조라고 보고 있소."

쾅!

"그것이 말이 되는 소리오?"

책상을 치며 도널드가 소리를 질렀다.

"나도 알고 있소. 게이트 너머의 이면 세계에 유사 인류가 나타난 것이 처음이라는 것도, 그리고 그들이 우리가 바라고 있는 힘을 보유하고 있다는 것도 말이오."

"그런데도 한가하게 그런 말이 나온단 말이오?"

게이트를 연구하며 여러 가지를 얻고 있지만 가장 근원적인 목적은 능력을 얻는 것이었다. 신화 시대에 나오는 권능에 가까운 능력을 말이다.

도널드로서는 목적이 가까이 보임에도 뒤로 물러서는 것 같은 케인의 태도가 마음에 들지 않았다.

"장갑 너머에 있는 몬스터들을 만만하게 생각하지 마시오."

"홍! 그까짓 몬스터!"

"러시아에서 온 헥터도 몬스터들과 싸우려고 했다가 회피할 정도였소. 우리가 보유하고 있는 능력자 중에 헥터와 일대일로 겨룰 만한 능력자가 있소?"

"정말 헥터가 싸움을 피했다는 말이오?"

"그렇소. 지금까지 우리가 상대했던 몬스터들과는 질적으로 다른 놈들이오. 한두 마리라면 모를까, 장갑 뒤에 있는 몬스터들은 게이트를 넘어올 기세로 무리지어 있소. 그런데 누구를 들여보낸다는 말이오. 도널드 당신이 가겠소? 그렇다면 말리지는 않겠소만!"

케인은 차가운 어조로 도널드를 다그쳤다. 그토록 원한다면 네 힘으로 직접 하라는 뜻이었다.

선뜻 말하지 못하는 도널드를 위해 나선 것은 맥클레인이었다. 그는 군산복합체를 막후 조종하는 자였다.

"자, 자! 그만하시오. 케인 의장의 말은 잘 알아들었소. 그러면 앞으로 우리가 어떻게 해야 하는 것이오?"

"일단은 몬스터들이 장갑 근처에서 흩어지기를 기다려야 할 것이오. 먹잇감도 부족한 그곳에 오래도록 머물지는 않을 테니 말이오. 어쩌면 자기들끼리 싸우다가 수가 줄어들지도 모르고."

"일단은 기다려야 한다는 뜻이군요."

"그렇소. 우리는 그사이 게이트를 넘을 준비를 해야 할 것이오. 테라 나인 같은 탐색자들이 아닌 직할의 조직들을 말이오."

"그러니까 우리가 관리하고 있는 이들 중에 게이트를 넘을 자들을 내놓으라는 뜻이오?"

"그렇소. 어차피 그런 목적으로 키운 자들이니 말이오. 나 또한 내 휘하에서 열 명 정도 차출할 것이니 잘들 생각해 보고 결정을 내려 주시오."

"어느 정도 수준을 말하는 것이오?"

"잘 알지 않소. 게이트 너머에 있는 자들은 특급에 준하는 능력들을 가지고 있으니 말이오."

"으음."

케인이 요구하는 것은 진정한 실력자들이었기에 맥클레인이 신음을 흘렸다.

위원회의 다른 위원들에게조차 알리지 않았던 직속 친위대를 내놓으라는 뜻이었다.

"결정을 내리기 쉽게 한마디 하겠소. 의장의 권한으로 이번에 참여하지 못하면 반대급부는 주지 않을 생각이오. 일하지 않는 자 먹지도 말라고 했으니 말이오."

"알았소. 난 찬성하오. 의장이 말한 인원이 합류할 것이오."

케안의 결심이 견고한 것을 확인한 맥클레인이 찬성을 하고 나섰다. 도널드 또한 고개를 끄덕였다.

나머지 위원인 마이드와 헬렌은 이미 판세가 기운 것을 알고 고개를 끄덕였다.

"알았소. 만장일치로 결정이 났으니 잘 부탁하겠소."

결정한 일에 대해서는 수작을 부리지 않기에 케인은 고개를 숙여 보인 후 회의실을 나섰다.

"어떻게 생각하시오?"

케인이 나가자 도널드가 주위를 돌아보며 물었다.

"게이트 너머의 환경이 변하기 시작했으니 슬슬 우리가 가진 전력도 꺼낼 때가 되기는 했어요. 초월자들이 나타날 가능성이 높아졌으니 말이죠."

대답을 한 것은 헬렌이었다. 미디어 통신 재벌인 그녀의 말에 다들 이목이 집중됐다.

"초월자가 나타났다는 정황이 포착된 것이오?"

석유 재벌인 마이드가 물었다.

"지금까지 초월자가 나타난 정황을 토대로 추측해 보자면 이번에 나타날 것 같아요."

"하긴, 게이트 너머의 상황이 급격하게 변화하기 시작했을 때 초월자가 나타났었지."

맥클레인이 헬렌의 말을 두둔하고 나섰다.

"그럼 시작이겠군. 최후의 전쟁이 말이야."

도널드가 입맛을 다시며 눈을 빛냈다.

"지금까지 우리가 준비한 것들을 보자면 승산이 충분하기는 하지만 게이트 너머의 변화도 주목할 필요가 있어요. 이전과는 달리 유사 인류가 나타났고, 특별한 능력을 소유하고 있었으니 말이죠."

"그럼, 1단계 정도의 인물들을 보내는 것이 좋을 것 같군. 그들이라면 게이트 너머의 상황을 충분히 파악할 테니 말이야."

"그 정도로는 불충분해요. 1단계 여덟 명에 2단계 두 명 정도로 인원 구성을 하는 것이 좋을 것 같아요."

"두 팀으로 나누자는 거군."

"그래요. 한 팀은 게이트 너머에 나타난 세력을 담당하고, 다른 한 팀은 정보를 캐는 것으로 하면 문제는 없을 거예요. 케인 의장도 그렇게 생각할 것이고요."

"우리 마시 가는 그렇게 하도록 하지."

"앤트 가도 찬성이오."

"호네 가도 찬성이오."

도널드, 맥클레인, 마이드가 자신이 속한 가문의 이름으로 찬성을 표시했다.

"세 분이 찬성을 하셨으니, 우리 라보드 가문도 이번 일에 찬성하겠어요. 케인 의장이 요구하는 날짜에 맞춰서 인원이 당도할 수 있도록 준비를 해주세요."

"이제 끝났으니 우리는 가보겠소."

파팟!

도널드와 맥클레인이 회의장에서 사라졌다.

"나도 그만 가보겠소."

팟!

마이드 또한 말을 마치는 것과 동시에 꺼지듯 회의장에서 사라졌다.

"케인 의장, 아주 재미있는 제안이었어요."

헬렌은 케인이 사라진 문을 바라보며 흥미로운 표정을 지었다.

"호호호! 당신이 우리의 전력을 탐색하려는 것을 보니 아주 흥미롭네요. 뭔가 믿을 만한 구석이 없으면 움직일 당신이 아니니 말이죠. 하지만 이번에 파견되는 인력만으로는 우리에 대해 알아낼 수 있는 것이 얼마 없을 거예요. 가주인 나조차 본가에 대해서 전부 아는 것이 아니니까요."

팟!

헬렌은 그렇게 의미심장한 말을 남기고 장내에서 사라졌다.

네 사람 모두 공간 이동을 통해 자리를 비운 회의장은 곧바로 어둠에 잠겼다.

제5장

5

위원회가 열리는 회의실이 세상과 단절되는 순간, 케인은 엘리베이터를 타고 지하로 내려가고 있었다.

'지금쯤이면 다들 제자리로 돌아갔겠군.'

결론을 내지 않고 회의장을 빠져 나왔지만 케인은 자신이 원하는 대로 이루어질 것임을 의심하지 않았다.

유사 인류의 발견이 아주 중대한 일이기는 하지만, 골든 게이트의 배후에게는 그렇지 않다.

감추고 있는 전력이 이미 초월자를 상대하기에 그리 어렵지 않은 상황이다. 자신과는 달리 골든 게이트를 이루는 가문들에서는 그런 사실이 그다지 중요한 일이 아닌 것이다.

'홍미가 돈을 테니 내가 제안한 대로 인력을 파견할 것이고, 가문 당 열 명씩 요구 했으니 최소한 두 명은 2단계의 인물들로 채워 넣겠지.'

2단계 능력자가 움직일 것으로 확신하는 이유는 바로 초월자들 덕분이다.

게이트 너머의 세계에 큰 변화가 일어나면 반드시라고 할 정도로 초월자들이 나타났었다.

네 가문은 초월자를 찾으려고 하니, 정보를 캐내기 위해서도 움직일 이유는 충분했다.

'그곳에 있는 자원과 능력들을 얻을 수 있는 수련법은 관심의 대상조차 되지 않겠지만, 난 아니다. 각 가문이 초월자에 집착하는 동안 반드시 그것들을 얻어야 한다. 반드시!'

네 가문은 초월자의 능력을 얻기 위해 움직이겠지만, 권능이라는 것이 원한다고 해서 마음대로 얻을 수 있는 것이 아니다.

권능은 선택된 자만이 얻을 수 있기에 케인은 다른 것을 노리고 있는 중이다. 바로 유사 인류들이 가지고 있을 수련법들과 자신만이 알고 있는 자원들이다.

자신이 배려해야 할 이들을 위한 안배를 위해서는 반드시 얻어야 할 것들이 있기에 이번에 모든 것을 걸기로 했다.

다시 상황실로 돌아온 케인은 인상을 찌푸리고 있는 이반을 볼 수 있었다.

'블리자드의 총통이라는 직위를 가지고 있기는 하지만 그저 허울 좋은 자리일 뿐인 그도 이번 사태가 심각하다고 느끼는 모양이군.'

이반 또한 같은 처지다. 실력은 좋지만 블리자드의 얼굴마담으로, 진짜 비밀에는 접근조차 할 수 없는 상황이다.

그러나 이반도 게이트 너머의 세계가 변화를 일으키면 지구의 세계도 변혁에 가까운 일이 일어난다는 것 정도는 알 것이다.

자신과 같은 처지라 조급할 것이 분명하기에 손을 내밀어야 할 때였다.

"뭔가 결정이 내려진 모양이로군."

"아직은 결정이 나지는 않았지만 조만간 능력자들이 투입될 것이요."

"표정으로 봐서는 두 번째 단계에 있는 이들도 넘어가는 모양이로군."

"그래야 할 것 같지 않소?"

케인의 시선이 갑문으로 향했고, 이반 또한 마찬가지였다.

"그렇기는 하지. 언제 넘어갈 건가?"

"앞으로 일주일 뒤에 넘어갈 것이요."

"시간은 충분하군. 나도 보고를 하고 들어갈 준비를 하려면 곧바로 떠나야겠군."

일주일이 긴 시간이기는 하지만 러시아까지 가서 보고를 하고, 게이트를 넘어갈 이들을 차출해 데려오려면 짧은 시간이기도 했다.

"그래야 할 것이오. 두 번째 단계의 인물들이 참여하는 이상 오래 기다리지 않을 테니 말이오."

"좋아. 그때 보도록 하지."

"조심해서 다녀오시오."

자리에서 일어나 문으로 나가는 이반을 보며 케인은 인사를 했다. 행동력이 강한 이반인 만큼 제 시간에 올 것이라고 확신했다.

"지금부터 최대한 게이트 너머의 상황을 파악해라. 특히 몬스터들이 어떻게 움직이는지에 대해서 집중해야 할 것이다."

케인은 상황실 요원들에게 지시를 내렸다. 요원들은 바쁘게 움직이기 시작했다.

기절한 유리안과 제레미가 깨어난 후, 탱크는 곧바로 내 방으로 왔다.

"몸은 괜찮나?"

"부딪치기 전에 실드를 쳐 줘서 다친 곳은 없소."

"나도 그렇게 심하지는 않소."

유리안과 제레미가 불편한 표정으로 대답을 했다.

'자신들의 실력이라면 능력자라 할지라도 어렵지 않다고 생각했을 텐데 충격이 컸던 모양이군.'

특급은 아닐지라도 그에 준하는 능력을 지녔던 자들이다. 허무하게 당해 버린 탓에 자괴감이 들 만도 하다.

"특급 능력자라 해도 나에게는 소용이 없다. 그저 힘을 더 내면 그만인 자들일 뿐이니까. 자, 이제 내 휘하로 들어오는 데 불만은 없나?"

"없소."

"불만 없소."

"졌으니 당신을 따르겠소."

"좋군."

세 사람의 대답을 들으며 준비한 것을 꺼내 들었다. 회귀하기 전에 배웠던 것들 중 하나로 만들어낸 아이템이다. 양피지로 만들어진 종속의 계약서다.

"너희들을 10년 동안 휘하로 들이겠다는 계약서다."

"어디다가 서명을 하면 되는 것이오?"

"서명을 하는 것이 아니라 너희들의 피로 지장을 찍어야 하는 계약서다. 피를 이용하는 이유는 배신을 막기 위해서다."

"으음."

내 대답에 뭔가를 느낀 듯 탱크가 신음을 흘린다. 다른 두 사람도 결코 좋은 표정이 아니다.

족쇄가 될 지도 모른다는 생각 때문인 것 같다.

"결정하기 곤란하다면 의논을 해봐라. 장막을 쳐줄 테니. 물론 너희들이 하는 이야기는 엿듣지 않겠다."

의논할 시간을 주기 위해 장막을 쳤다. 말을 한 대로 엿들을 생각도 없다.

— 설마 금제를 가하는 것인가?

— 그런 것 같습니다. 대장.

— 어떻게 할지 모르겠군.

— 일단 뭐라고 할지 들어보는 것이 좋을 것 같습니다. 이렇게 대놓고 금제가 걸려 있다고 말하는 것을 보면 우리에게 문제가 생길 일은 그다지 없어 보이니 말입니다.

— 좋아. 물어보고 결정하도록 하자.

"으흠!"

할 말이 있다는 듯 탱크가 헛기침을 삼킨다.

"의견을 모은 모양이군. 내게 물어보고 싶은 것이 뭐지?"

"금제가 걸려 있는 것 같은데. 어떤 금제인 것이오?"

"10년 동안 나를 배신하지 못하게 하는 것과, 계약이 끝난 뒤에도 비밀을 지키는 것이다."

"금제를 어긴 대가는 무엇이오?"

"죽음!"

"그것 말고 우리에게 다른 제약이 걸리는 것은 없소?"

"전혀! 계약을 이행하는 순간, 너희들은 자유다. 그리고 너희들이 원하는 힘도 얻을 수 있을 것이다. 생각한 것 이상으로 강한 힘을 말이다."

팅!

내 대답이 끝나자마자 유리안이 나이프를 들고는 버튼을 눌러 칼날을 꺼냈다.

스윽!

부드럽게 살이 스치는 소리와 함께 나이프를 들고 있지 않은 오른손 엄지에 핏방울이 맺혔다.

"어디다 찍으면 되는 겁니까?"

"계약서를 보면 네 이름이 있을 것이다."

내 말에 유리안은 자신의 이름이 적혀 있는 곳에 피로 된 지장을 찍었다.

유리안의 행동에 탱크와 제레미 또한 말없이 자신의 오른손 엄지에 상처를 낸 후 지장을 찍었다. 유리안의 행동에서 내가 한 말이 진실임을 깨달은 모양이다.

세 사람의 지장이 찍혔으니, 나도 계약을 이행할 차례다.

"나이프 좀 빌려줄 수 있나?"

"여기 있소."

탱크가 내미는 나이프를 받아 엄지에 상처를 냈다. 뭉클거리며 솟아나는 녹색의 피에 다들 놀라는 눈치다.

샤인 크리스라 적힌 이름에 지장을 찍었다.

파—앗!

지장이 찍히자마자 녹색의 빛이 계약서에서 흘러나왔다. 마력을 담아 만든 계약 아이템이 발동한 것이다.

번쩍!

빛에 휩싸인 계약서에서 네 가닥의 빛이 흘러나와 나와 세 사람의 심장으로 스며들었다. 지장을 찍었던 계약서는 이미 사라지고 없었다.

"이제 너희와 나와의 계약은 완료되었다. 계약을 어기는 순간 마법에 의해 너희는 한 줌 핏물로 변할 것이다. 그것은 나 또한 마찬가지다.

"알겠습니다. 10년간! 최선을 다해 당신을 돕겠습니다."

탱크가 기간을 강조하며 고개를 숙여 인사를 했다. 뒤에 있던 두 사람도 따라서 나를 향해 인사를 했다.

"계약을 통해 너희 세 사람에게 씨앗을 심어 두었다."

"으음."

"아직은 개화하지 않아 아무 것도 아니지만, 지금부터 내가 싹을 틔워줄 것이다. 앞으로 에테르 맵을 운용하기 위한 원천이 될 테니 잘 키워야 할 것이다. 우선은 싹을 틔워 너희에게 고정시킬 테니 내가 전해주는 기운을 거부하지 말고 받아들이도록 해라."

"알겠소."

"가부좌를 틀 줄은 다들 알 테니 모두 자세를 취해라."

세 사람 모두 그 자리에 앉아 가부좌를 틀었다.

"너희들이 하던 명상을 시작하도록 해라."

"아무거나 하면 되는 것입니까?"

"평상시에 하던 것으로 하면 될 것이다."

"알았습니다."

역시 테라 나인이다. 말하기 무섭게 마음을 가라앉히고 명상에 들어간다.

세 사람 주변의 에테르 농도를 높였다.

그러자 에테르가 몸속으로 침투하고, 세 사람의 몸속에 심은 씨앗이 발아했다.

내 의지로 만들어낸 씨앗들은 자신이 맡은 역할대로 세 사람의 몸속을 움직이며 에테르 맵을 만들어 나갔다.

계약에 묶인 몸이라서 그런지는 몰라도 그 느낌이 이질적이었을 텐데 잘 견뎌내고 있는 중이다.

오랫동안 단련이 되어 있어서인지 에테르 맵을 만들어 주는 데 걸리는 시간은 채 10분이 걸리지 않았다.

에테르 맵을 만들고 난 뒤, 이들의 의식 깊은 곳에 이곳 언어에 대한 것도 심었다. 계속해서 벙어리로 행세한다는 것도 문제가 있어서다.

"다 끝났다."

"으음."

"음."

"후우."

"내가 그려준 맵들은 너희의 의식과 신체에 최대한 맞춘 것이다. 얼마나 성장하느냐는 너희들의 노력에 달려 있으니 수련에 매진하는 것이 좋을 것이다."

"고, 고맙습니다."

에테르 맵의 효과가 벌써부터 나타나는 것인지 탱크가 상기된 표정으로 대답을 한다. 나머지 두 사람도 마찬가지다, 고개를 숙여 감사를 표한다.

"나는 잠시 나갔다가 올 테니 숙달이 되도록 계속 맵을 돌리고 있어라. 주변에 결계를 쳐둘 것이니 별다른 문제는 없을 것이다."

"알겠습니다, 마스터."

"후후후, 마스터라… 재미있군."

탱크가 자신을 진심으로 믿게 되었다는 것을 느끼며 방을 나섰다. 이곳에 대해 알아봐야 할 것들이 많아서다.

1층으로 내려오자 샤르네가 분주히 서빙을 하고 있었다. 계단에 있던 나와 눈이 마주친 샤르네가 조르르 달려온다.

"샤인 님, 어디 가시게요?"

"그래, 혹시 이곳에 도서관이 있니?"

"내성 쪽으로 가시다보면 오른쪽에 검은색 벽돌로 된 5층짜리 건물이 있을 거예요. 그곳이 바로 공립 도서관이에요."

"고맙구나. 나는 도서관에 갔다 올 테니 2층에 당분간은 올라가지 말도록 해라."

"수련을 하고 계신가 보네요. 알았어요. 아무도 올라가지 못하도록 할 게요."

"고맙구나."

샤르네에게 1실버짜리 은화를 하나 주었다.

"앞으로 종종 이런 일이 있을 테니 부탁한다."

"염려 마세요."

샤르네에게 2층을 부탁하고 여관을 나섰다.

대로에서 기다리고 있던 사람들이 전부 성 밖으로 나갔는지 거리는 한가해 보였다.

샤르네에게 들은 대로 대로를 따라 내성 쪽을 향해 걸었다. 멀리 내성 근처에 검은색의 건물이 보였다.

'감시를 붙였군.'

도서관으로 향하는 동안 누군가 따라 붙었음을 알 수 있었다. 경비대에서 사람을 붙인 모양이다.

'마나 폭풍을 뚫고 왔다고는 했지만, 신빙성이 없는 이야기기는 하지.'

이 세계에서 사는 사람들은 기사나 마법사가 아니더라도 몸에 에테르를 품고 있다.

이곳 사람들은 그 에테르를 마나라고 불렀는데, 마나 폭풍이 불면 성안으로 피신하는 이유가 있었다.

몸 안에 있는 마나가 부풀어 올라 폭탄처럼 터져 버리니 마법 결계로 보호되는 안전한 성으로 피신할 수밖에 없는 것이다.

마나 폭풍이 불 때 아무도 움직일 수 없는 것은 아니다.

이곳 세계에서 마스터라 불리는 초인들은 개의치 않고 움직일 수가 있다.

그러니 사람을 안 붙일 수가 없었을 것이다. 한 명도 아니고 네 명이나 마나 폭풍을 뚫고 성에 왔으니 말이다.

시비가 생기지 않기를 바랐기에 모르는 척, 도서관으로 들어갔다.

로비를 지나 인포메이션으로 가자 마법사로 보이는 사서가 반갑게 나를 맞았다.

"어서 오십시오."

"책을 좀 보려고 왔습니다."

"기사님들이 도서관에 들리시는 일은 드문데 이렇게 찾아오시다니 아주 좋군요."

"몰락하기는 했지만 영주이셨던 아버님께서는 머리가 빈 기사는 되지 말라고 하셨습니다. 해서 여행을 하다가 도서관이 있는 영지에 들리게 되면 언제나 찾아가 책을 읽고는 합니다."

"그러셨군요. 하하하! 좋은 습관입니다. 몸으로 하는 수련도 좋지만 지혜를 찾아가는 것도 깨달음을 위한 좋은 방편이니 말입니다. 저는 하도르라고 합니다. 5서클 마법사로, 도서관 사서로 일하고 있는 중이지요."

"그러시군요. 저는 샤인 크리스라고 합니다."

"그럼 어떤 책을 보실 생각이십니까?"

"한 달간 머물 예정이라 하도르 님께서 추천해 주시는 대로 볼 생각입니다."

"그래요, 그럼 제가 추천을 해도 되겠습니까?"

"그래 주시면 고맙겠습니다. 진리를 쫓는 구도자이시니 좋은 책을 골라주실 것으로 믿습니다."

"하하하, 기분이 좋군요. 그럼 절 따라 오십시오. 제가 좋은 책들을 추천해 드리지요."

"저야 좋기는 하지만, 이렇게 자리를 비우셔도 되는 겁니까?"

"주말이라면 몰라도 평일에 도서관을 찾는 이들은 없으니 걱정하지 마십시오."

"그러시군요. 그럼 부탁을 좀 드리겠습니다."

하도르는 인포메이션에서 나와 서고로 향했다.

그가 안내한 곳은 상당히 큰 열람실이었다.

출입구 맞은편에 서고로 보이는 곳이 있고, 그 양쪽에 책을 볼 수 있는 열람실로 된 공간이 있었다.

"일단 이곳에 앉아계십시오."

하도르는 열람석 중 하나를 골라 나에게 자리에 앉을 것을 권했다.

"제가 서고에 가서 몇 권 골라올 테니 이곳에서 읽으시면 될 겁니다."

"고맙습니다."

내가 자리에 앉자 하도르가 서고로 향했다.

서고로 들어간 지 얼마 지나지 않아 하도르가 두툼한 책 두 권을 들고 나타났다.

"이 책은 이곳 하탄 성의 역사를 담은 것입니다. 여행자에게 는 여행지의 문화와 역사를 아는 것이 중요하니, 한 번 읽어 보 시면 도움이 될 겁니다. 그리고 이 책은 하탄 지방의 지리서입 니다. 보시면 어느 곳으로 여행을 갈지 쉽게 결정할 수 있을 겁 니다."

수많은 책들 중에 역사서와 지리서를 주다니 모를 일이다. 하지만 내게 아주 중요한 책들이니 그저 모르는 척 받아들였 다.

"저에게는 아주 쓸모가 많겠군요."

"하하하, 여행자에게는 필수겠지요. 그리고 더 필요한 것이 있으시면 서고로 가서 골라 읽으시면 됩니다."

"알겠습니다."

하도르가 자리를 피해주었기에 책을 펼쳐 들었다.

양피지로 된 책들이라 두툼했지만, 기껏해야 200페이지 정도 밖에는 되지 않았다.

'글씨가 아주 작군.'

책을 펼쳐들자 나타난 내용은 훈련된 자가 아니면 볼 수 없을 정도로 글씨가 아주 작았다.

 시스템을 통해 언어를 익혀 글을 읽는데 문제가 없기에 읽어 나갔다.

 사실 읽는다고 하지만 단순히 읽는 것이 아니다. 사진을 찍듯 정보를 뇌리에 집어넣었다.

 시야를 확대하고 사진을 찍듯 눈만 한 번 깜빡이면 책의 내용이 전부 이해가 됐다.

 역사서를 모두 읽기까지 채 5분이 걸리지 않았다. 하탄의 지리서 또한 마찬가지다.

 아니, 오히려 시간이 더 많이 단축되었다. 지도에 가까운 지리서는 그림이 대부분이어서인지 거의 2분 만에 모두 읽을 수 있었다.

 '서고 안에 있는 책들도 읽어봐야겠군.'

 내가 시스템으로 얻은 정보들은 이 세계를 구성하고 있는 근원적인 정보들이다.

 세세한 정보들, 특히 이 세계에서 살고 있는 존재들에 대한 구체적인 정보들은 거의 없다.

 도서관에 있는 책들은 이 세계에서 대해 많은 정보를 알려줄 것이다.

 이곳이 하탄 성에 있는 공립 도서관이라는 것도 그렇고, 사서를 맡고 있는 하도르가 마법사인 것을 보면 상당히 많은 양의 정보를 얻을 수 있을 것 같다.

'일단 하도르 님의 허락을 얻어야 할 것 같군.'

내 마음대로 서고를 출입할 수 없을 것 같아 하도르에게로 갔다.

"무슨 일이십니까?"

책을 가져다 준 지 얼마 되지 않아서인지 하도르가 의아한 표정으로 묻는다.

"서고에 있는 책들을 제 마음대로 볼 수 있는 것인가 해서 왔습니다."

"한 가지만 확인이 되면 다 보실 수 있기는 합니다만……."

"확인을 해야 할 것이 뭡니까?"

"저희 하탄 공립 도서관은 평민에게도 개방이 됩니다만, 소장된 책을 전부 볼 수 있는 것은 아닙니다. 서고에 있는 책을 제한 없이 볼 수 있게 허가된 분들은 귀족뿐이라서 말입니다."

"그렇군요. 그렇다면 여기!"

난 주머니에서 신분패를 꺼내 하도르에게 주었다.

"역시, 제 생각대로 샤인 공자는 귀족이셨군요. 잠시만 기다려 주십시오."

하도르는 내 신분패에 자신의 마나를 주입했다.

주입하기가 무섭게 무지개 색깔의 영롱한 빛이 신분패에서 흘러나왔다.

"와! 공작까지 지내신 분이 계시다니 대단한 가문이셨군요. 샤인 공자."

내가 내민 신분패에는 작위를 이은 가문의 직계들이 모두 기록되어 있다.

직계의 인물들이 거쳐 갔던 작위들은 빛으로 형상화된다. 5단계로 구분되는 정식 귀족에서부터 준 남작과 기사까지의 직위를 가진 모든 이가 말이다.

무지개가 빛으로 형상화된 것은 내 신분패에 적힌 크리스 가문의 인물들이 기사에서부터 공작까지 모든 귀족 직위를 가지고 있었기 때문이다.

그러니 하도르도 놀랄 수밖에 없는 것이다.

"으음, 거기다가 개국공신 가문이라니……."

무지개를 형상화한 빛이 사라지고, 나중에 나타난 흰빛을 바라보며 하도르가 신음처럼 말했다.

"죄송합니다. 개국공신 가문의 적자이신 줄은 몰라 뵈었습니다. 정식으로 인사드리겠습니다. 하탄 마탑의 수석 마법사인 하도르 알킴입니다."

하도르가 사과를 하고 정식으로 인사를 했다.

5서클이나 하는 마법사가 도서관 사서를 하고 있어 의아했는데, 마탑의 수석 마법사라니 놀라운 일이다.

'이곳에 있는 이유가 있나?'

시스템에서 얻은 기본 정보 중에는 이곳의 신분제에 관한 것도 있었다.

수석 마법사라면 마탑의 탑주 다음으로 높은 직위에 있는 자였다.

그런 자가 공립 도서관에 사서 노릇을 하고 있다니 이상한 일이다.

"하하하, 마나 폭풍이 부는 바람에 제가 하고 있던 실험 하나가 실패했습니다. 마탑주께서 말리셨는데도 강행한 탓에 그리되어 자숙하라고 이곳에 보내셨습니다."

"그렇군요."

상당히 눈치가 빠른 자다. 내가 의아한 표정을 짓자마자 곧바로 징계의 의미로 도서관에 보내진 것을 말하는 것을 보면 말이다.

"찾아오는 사람도 없어 아주 곤욕이었는데 이렇게 샤인 님을 뵐 줄 몰랐네요."

"저도 이런 곳에서 하탄 마탑의 수석 마법사를 뵐 줄은 몰랐습니다."

"그러게 말입니다. 귀족이신 것도 확인이 됐으니 서고를 출입하는 데는 문제가 없을 겁니다. 자, 여기."

하도르가 품에서 팔찌 하나를 꺼내 들었다.

"뭡니까?"

"서고를 출입할 수 있는 아이템입니다. 이것을 가지고 들어가시면 감춰진 책들을 볼 수 있을 겁니다."

"서고에 환상 마법이 펼쳐져 있는 모양이군요."

"그렇습니다. 그리고 이것은 에고 아이템인데, 원하시는 책들을 찾는 데 도움이 되실 겁니다."

"그 팔찌가 에고 아이템이라는 겁니까?"

"그렇습니다. 하탄 마탑을 세우신 하탄 님께서 삼천 년 전에 만드신 겁니다. 덧붙여 말씀드리면 하탄 님은 이치를 깨닫는 이들의 일곱 번째 로드셨습니다. 달리 마나 마스터라 불리시기도 했고요."

"으음."

이치를 깨닫는 이들은 마법사를 가리키는 말이다.

그리고 로드라 불리는 이들은 마법사들의 정점에 이른 자로, 9서클의 마스터를 이르기도 했다.

다른 말로는 마나에 대해 완전함을 이루었다고 해서 마나 마스터라고도 불렸다.

"마스터의 작품을 보게 되다니 영광이군요. 저에게 이것을 빌려 주셔도 괜찮은 것입니까?"

"에고가 있기는 하지만 그리 좋은 작품인 것은 아닙니다. 그저 사서를 보조하는 역할에 지나지 않으니 말입니다. 그리고 빌려 드리는 것이 아니라 샤인 님께 드리는 겁니다."

"저에게 주신다는 말씀입니까?"

"그렇습니다."

사서를 돕는 보조 아이템이라고는 하지만 무려 에고가 있는 아이템이다.

그것도 9서클의 마스터가 만든 것이다. 하도르의 의도가 무엇인지 궁금했다.

"으음, 솔직히 제가 받아도 되는 것인지 모르겠습니다."

"그것은 원래부터 샤인 님의 것입니다. 하탄 님께서 이 아이템을 만드실 때 개국공신들께 드리기 위해 만들었던 것이니 말입니다."

"개국공신들에게 주기 위해서요?"

"그렇습니다. 마탑에 남겨진 하탄 님의 유지 중에 기록되어 있는 것입니다. 처음 이곳을 찾아오는 개국공신에게 이 팔찌를 주어야 한다는 유지가 말입니다."

"그렇군요."

"자, 받으십시오."

하도르가 주는 팔찌를 받아들었다.

한 쌍으로 된 팔찌였는데, 가느다란 모습과는 달리 제법 묵직했다.

'굉장히 정교하군.'

팔찌에는 기하학적인 문양이 새겨져 있는데, 인간의 솜씨로 여겨지지 않을 만큼 정교했다.

"한 번 차보십시오. 양손에 차시면 되는 겁니다."

하도르가 기대에 찬 표정으로 말했다.

'신분패를 확인한 후부터 상기된 표정이더니, 뭔가 비밀이

있는 팔찌인 모양이로군.'

하도르의 표정에서 상당한 기대감을 읽을 수 있기에 팔찌를 양 손목에 찼다.

스르르.

팔찌가 줄어들며 손목에 달라붙었다. 피부에 짝 달라붙었지만, 그렇다고 거추장스럽지는 않았다.

"마, 마나를 주입해 보십시오."

하도르의 목소리가 떨렸지만 원하는 대로 이들이 마나라 부르는 에테르를 팔찌에 주입했다.

촤르르르!

기분 좋은 소리와 함께 팔찌가 펴지며 팔뚝과 어깨 쪽으로 자라났다.

두께가 얇아지면서 자라난 팔찌가 어깨를 지나 등 쪽까지 퍼진 후 피부에 달라붙었다.

넓게 펴져 종이장보다 얇아진 팔찌 위로 마치 문신을 새긴 듯 기하학적 무늬가 나타났다.

'화끈거리는군.'

달라붙은 팔찌에서 기이한 열기가 뿜어져 나와 피부 속으로 스며들었다.

'팔찌 자체가 인체와 동화되는 것인가?'

열기가 흘러나오는 것도 잠시, 피부를 덮은 팔찌가 천천히 밑으로 침잠해 들어갔다.

금속인 팔찌가 피부 속으로 스며드는데도 몸에는 아무런 이물감이 없다. 보면 볼수록 놀라운 일이 아닐 수 없다.

"드, 드디어!"

하도르의 눈에는 눈물이 흐르고 있었다. 슬픔이 아닌 염원을 이룬 자가 흘리는 기쁨의 눈물이었다.

"뭔가 사연이 있는 것 같습니다."

"그, 그렇습니다. 마스터!"

"마스터라니 무슨 말입니까?"

"하탄님의 유지 중에 스카이 드릴의 진정한 주인이 하탄 마탑의 마스터라는 것이 있습니다. 그리고 스카이 드릴의 진정한 주인은 마스터처럼 몸으로 흡수할 수 있는 사람뿐이고 말입니다."

"스카이 드릴이요?"

"차고 계신 아이템의 진짜 이름이 스카이 드릴입니다. 그리고 진정한 주인만이 그것을 흡수할 수 있다고 전해져 내려오고 있습니다."

"그러니까 이 아이템의 진정한 주인만이 몸으로 흡수할 수 있다는 말입니까?"

"그렇습니다. 그리고 자세한 설명은 에고를 통해 들으십시오. 저도 주인을 가리는 것밖에는 모르니 말입니다. 유지에 따르면 스카이 드릴을 얻은 후에 진정한 에고가 나타날 것이라고 했으니 말입니다."

"알겠습니다. 그런데 에고가 나타나지 않고 있는데 제가 진정한 주인이 맞는 것인지 의심스럽군요."

"하하하, 그건 걱정하지 마십시오. 에고를 깨우는 절차가 따로 있으니 말입니다."

"그런가요."

"자, 따라오십시오. 서고로 가시게 되면 자연히 아시게 될 겁니다."

하도르의 안내를 따라 열람실을 지나 서고로 갔다.

서고는 생각보다 컸다. 아니, 상상을 할 수 없을 정도로 큰 공간이었다.

천장까지 까마득한 높이로 서가가 설치되어 있고, 입구에서 끝이 보이지 않을 정도다.

"정말 크군요."

"공간 확장 마법이 걸려 있어서 그렇습니다. 상당히 큰 공간이지요. 원래 크기는 작은 방 하나이지만 하탄 님께서 공간 확장을 하신 이후로는 이곳의 크기가 얼마인지 정확이 하는 사람이 없을 정도입니다."

"하탄 님의 마법이 상당하시군요."

"하하하, 마스터시니까요."

공간을 왜곡하고 크기를 늘리는 공간 마법이라는 것은 쉽지 않은 것이다.

5서클이 되어야 겨우 방 하나의 아공간을 만들 수 있는 것을 상기하면, 하탄의 능력을 짐작하기 어려웠다.

"제 역할은 여기까지이니 그만 나가보겠습니다. 잠시 계시면 하탄 님이 만드신 에고가 깨어나게 될 것입니다."

"알겠습니다."

하도르가 서둘러 서고를 나섰다.

혼자가 되는 순간 세상과 단절되는 느낌을 받았다. 하도르가 나간 뒤 출입구가 결계에 의해 단절되었기 때문이다.

차르르르르!

"역시, 같은 패턴인가?"

아버지의 비밀 서고에서 천곤을 얻을 때와 같은 패턴이다.

공간이 단절되자마자 서가에 꽂혀 있던 책들이 사방으로 날아올랐으니 말이다.

수백만 권, 아니 수천만 권은 되어 보이는 책들이 서가를 빠져나왔다.

드르르르륵!

누가 밀기라도 하듯이 벽면으로 밀려나는 서가들로 인해 서고에 커다란 공간이 생겼다.

인식하지도 못하는 사이에 나는 어느새 서고의 중심에 서 있었다.

꽃 주위를 돌며 꿀을 탐하는 벌들처럼, 내 주변은 헤아릴 수 없이 많은 수의 책들이 날아다니고 있었다.

책들 사이로는 빛이 뿜어지고 있었다. 무지개 색의 빛들과 하안색의 빛줄기들이 책에서 흘러나와 영롱함을 뽐냈다.

'휘황찬란하군.'

우주에 존재하는 수많은 별들처럼 빛을 뿜어 대던 책들이 어느 순간 일정한 질서를 유지하며 하나씩 고정이 되기 시작했다.

고정되기 시작한 책들은 더 이상 책이 아니었다. 한줄기 빛 덩어리로 변해 반짝이고 있었다.

'모이는 건가?'

빛으로 고정되는 것이 끝나자, 이번에는 한 점으로 모여 들었다. 모이는 장소는 다름 아닌 내 정수리 위였다.

빛들이 뭉쳐지기에 커다란 빛이 될 것이라고 생각했는데 그것이 아니었다. 빛 덩어리가 모일수록 내 머리 위에 떠 있는 빛은 점차 작아졌다.

빛이 뭉칠수록 이상하게도 사방이 어둠에 휩싸여갔다.

얼마 지나지 않아 모든 빛이 사라지고, 내 머리 위에 떠 있는 좁쌀만 한 작은 빛만이 남았다.

마치 빅뱅을 되돌리는 것 같은 모습에, 나는 가만히 서 있을 뿐이다.

좁쌀보다 더 작은 희미한 빛이 천천히 내려와 내 정수리 위에 앉았다.

번쩍!

피부에 닿기 무섭게 두 눈에 섬광이 일었다.

좁쌀보다 작은 빛이 터지며 수만 가지 색의 빛들이 사방으로 퍼져 나갔다.

처음 들어왔을 때 책들이 빛으로 변하고 모인 과정들이 역으로 펼쳐졌다.

찰나라는 말을 이해할 수 있을 것 같다. 점으로 화한 빛이 공간을 채우며 수도 없이 변화하는 과정이 모두 한 순간이었다.

마치 텅 빈 것 같은 멍함이 뇌리를 가득 채웠다.

그러고는 이내 엄청난 정보들이 뇌리로 쏟아졌다.

이 세계의 시스템과 접속했을 때 채워지지 않았던 정보들이 한 순간 내 의식 속에 틀어박혔다.

모든 것이 부서져 나갔다.

내가 걸었던 금제도, 그리고 스승님이 내게 걸었던 것들도 모두 산산이 조각나며 정보들과 하나가 되었다.

"크크크크……."

나도 모르게 쓴웃음이 흘러나온다.

지금 내 뇌리로 들어찬 정보대로라면 내게 일어났던 모든 일들이 하탄의 안배였으니 말이다.

"신의 실험실이라……."

지금 얻은 정보대로라면 내가 살던 지구의 현실 세계는 신이라 불리는 존재의 실험실이다.

그런데 여기서 말하는 신이라는 존재는 진짜 신이 아니다.

창조주가 되기를 열망하는 상위 차원의 존재라는 것이 하탄이 남긴 정보다.

'시베리아 상공에서 있었던 거대한 폭발은 하탄이 자신을 비롯한 일곱 명의 마나 마스터가 가진 힘을 이용해 상위 차원의 존재가 드리운 의지를 없애기 위해 만들어낸 것이로군. 그리고 결과로 보자면 의도와는 달리 반만 성공했고.'

정보에 의하면 상위 차원의 존재가 자신들을 간섭하고 있다는 것을 깨달은 것은 첫 번째 마나 마스터였다.

마나를 완전히 이해한 그는 자신 스스로를 마나 마스터라고 불렀다.

첫 번째 마나 마스터는 자신이 누군가의 실험을 위한 피조물이라는 것을 깨달은 후 하나의 계획을 준비했다.

그는 자신이 가진 모든 힘을 하나로 모았고, 세계에 자신의 안배를 새겼다.

뒤이어 초월자로 거듭난 마스터들도 첫 번째 마나 마스터의 안배로 인해 세계에 새겨진 의지를 통해 그런 사실을 알게 되었다.

그들 또한 첫 번째 마나 마스터와 마찬가지로 준비를 했다.

누군가의 실험 동물이 되기를 거부하고 새로운 세상을 열 준비를 말이다.

하탄을 앞서간 마나 마스터들이 준비한 것은 세계에 드리워진 이름 모를 존재의 의지를 끊어내는 것이었다.

그러나 하탄은 첫 번째 마나 마스터가 전한 유지를 무시하고 준비한 것을 강행했다.

연결된 세계의 베이스가 되는 곳에 여섯 명의 마나 마스터가 축적한 거대한 에너지를 폭발시켜 버린 것이다.

하탄이 첫 번째 마나 마스터가 남긴 유지를 무시한 결과는 실패였다. 이곳 세계에 드리워진 간섭을 끊어내기는 했지만, 세계가 돌아가지 않았던 것이다.

'모두가 욕심 때문이었겠지. 이곳과 연결된 세계의 신이 되고 싶었던 욕심 말이다.'

하탄이 의도한 것은 간섭을 끊어내는 것이 전부가 아니었다.

상위 차원의 존재가 봉인한 세계의 의지를 되살리는 것도 같이 진행이 되어야 했지만, 그렇지 못했다.

스스로를 희생해 자신의 의지를 에너지로 전환시켜 세계를 되살려야 했지만 하탄은 그렇게 하지 않았던 것이다.

하탄은 초월자로 거듭난 자신이 충분히 세계의 의지를 대신할 수 있다고 생각했다. 세계를 움직이는 인과율 시스템이 제멋대로 움직이기 시작하자 하탄은 자신이 실수했음을 절감했다.

초월자가 세계를 움직인다는 것은 애당초 불가능한 일이었던 것이다.

하탄이 착각한 이유는 다른 것이 아니었다.

그보다 앞서 간 여섯 명의 마나 마스터가 어떤 존재인지 확실하게 인지하지 못했기 때문이었다.

그들은 하탄이 살고 있던 곳의 존재들이 아니라 브리턴과 연결되어 있는 다른 세계의 존재들이었기에 실패할 수밖에 없었던 것이다.

하나의 세계도 감당하기 벅찬데 일곱 세계를 감당한다는 것부터가 불가능한 일이었던 것이다.

자신으로 인해 일곱 세계의 모든 것이 소멸될 것이라는 것을 알아차린 하탄은 또 하나의 계획을 실행했다.

그의 계획은 창조주가 처음 구현한 세계이자 모든 세계의 베이스가 되는 지구에 대한 계획이었다.

시간을 거슬러 지구에 남겨진 상위 차원의 의지를 거두어들여 세계의 의지를 되살리는 것이었다.

사실 시간을 거슬러 올라가는 것은 신조차 소멸을 각오해야 하는 일이다.

하탄은 자신이 실패할 확률이 높다는 것을 알기에 이곳에 세상의 진실과 상당한 양의 안배를 남겼다.

누군가가 자신의 참회를 알아주기를 바라는 마음이기도 했지만, 실패할 경우를 대비하기 위해서이기도 했다.

새로운 초월자가 나타날 경우 그가 자신이 남긴 안배를 통해 세계를 안정시켜 주기를 바라는 마음에서 말이다.

'그가 남긴 안배를 얻을 수 있었기에 지금의 내가 있는 것이로군.'

내가 시간을 거슬러 회귀한 것도 하탄 때문이다.

그리고 지금 내 몸 속에 꿈틀거리는 에너지도 모두 하탄이 벌인 일 때문에 얻은 것이다.

모두가 그가 남긴 안배를 내가 얻었기에 발생한 일인 것이다.

시간을 거스르는 하탄의 시도는 성공을 했다.

문제는 그가 시간을 거슬러 오른 시점이 폭발이 일어나기 이전이 아니라 직후였다는 것이다.

하탄은 시간을 거슬러 가다 자신의 의지가 소멸하기 직전에 멈췄다.

그가 멈춘 시간 점은 자신의 의지로 폭발시킨 에너지가 세계로 퍼져 나가기 직전이었다.

마스터들의 의지가 담긴 에너지가 세상에 퍼져 나가는 것을 막을 수 없었던 하탄은 자신이 할 수 있는 것을 했다.

영혼의 소멸을 대가로 퍼져 나가려는 에너지를 막고, 자신의 의지와 힘을 봉인한 후 지구에 남겼다.

할아버지가 어머니에게 주었고, 그날 밤 내 몸속으로 스며들었던 것이 바로 시간을 거슬러 올라간 하탄이 남긴 안배였다.

회귀하기 전에도 나는 하탄이 남긴 안배를 가지고 있었다.

나를 대상으로 실험을 하던 놈들에게 빼앗기지 않기 위해 내 배 속에 넣어가지고 말이다.

마지막 실험의 결과로 인해 난 죽음을 맞이했고, 하탄의 안배가 작동을 했다.

　그의 안배대로 나는 시간의 빈틈을 만들어 냈고, 시간을 거슬러 올라가 모든 것을 기억한 채 다시 태어난 것이다.

제6장

6

안배 덕분에 나는 하탄을 비롯한 일곱 명의 마스터가 살았던 세계들을 얻게 되었다.

사실 정확하게 말하자면 세계를 얻은 것이 아니라 연결이 되었다고 할 수 있다.

그리고 그 연결 덕분에 이곳에 남겨진 하탄의 유진도 얻을 수 있었다.

정말이지 지독한 안배가 아닐 수 없었다.

"그의 생각대로라면 나는 최후의 마스터로 선택이 된 것이로군. 세계를 정상으로 회복시켜야 할 임무와 함께 멋대로 장난질을 치는 상위 차원의 존재를 응징할 마스터로 말이야."

시간을 거스른 하탄이 폭발 후 퍼져 나가려는 에너지를 억제한 탓에 상위 차원의 존재가 드리운 간섭이 완전히 끊어지지 않았다.

세계를 정상화시키기 위해서는 필연적으로 부딪쳐야만 하는 상황이다.

세계에 대한 진실 말고도 하탄이 이곳에 남긴 것이 있다. 상위 차원의 존재를 상대할 방법들이었다.

자신을 비롯한 일곱 명의 마스터가 생전에 깨달았던 모든 비기들이 이제는 내 뇌리에 가득하다.

'후후후, 어차피 예상은 하고 있던 일이니 상관은 없지만, 지구가 모든 세계의 베이스이자, 창조주가 만들어낸 첫 번째 세상이라니 재미있군.'

내가 현실이라고 알고 있는 지구라는 세계는 특별한 공간이다. 하나의 세계이면서 모든 세계와 연결된 중추적인 곳이다.

하탄이 남긴 정보대로라면 창조주는 지구가 속한 세계를 만든 후 사라져 버렸다.

그냥 사라져 버린 것이 아니라 특별한 시스템을 만들어 놓고 말이다.

지구가 속한 세계는 일종의 배아 시스템이다.

생명체가 초월자로 성장하고 격을 가진 존재로 거듭나면, 그 생명체를 중심으로 세상이 분기한다.

분기한 세상은 새로운 세계를 형성하고, 격을 지닌 생명체는 그 세계의 주인인 신이 되는 것이다.

신이 태어날 수 있는 인과율 시스템이 적용된 곳이 바로 지구가 속한 세계인 것이다.

상위 차원이든 하위 차원이든 모든 기반은 지구가 속한 세계에 두고 있다.

이곳 세계의 신이라 불리는 존재, 즉 세계 시스템을 운영하는 자아 또한 지구가 속한 세계에서부터 성장한 존재인 것이다.

다른 차원, 다른 세계를 간섭하려면 태초의 근원부터 움직여야 한다. 그렇지 않으면 뜻대로 할 수 없기 때문이다.

일곱 명의 마스터들이 자신들의 의지가 담긴 에너지를 지구에서 폭발시키려 했던 것도 그것 때문이다.

상위 차원의 존재가 지구에 남긴 간섭의 의지를 끊어내 근본적으로 독립하기 위해서 말이다.

모든 것이 확연해졌다.

내가 얻은 세계의 인과율 시스템들에 담긴 정보들이 어째서 근원적인 것밖에 없었는지 말이다.

그리고 왜 지구에 스팟과 게이트들이 생기고 다른 세계와 연결이 되었는지도 알게 되었다.

원인은 바로 하탄이 만들어낸 폭발 때문이었다.

"누군가가 창조주가 만든 시스템을 장악했다는 것은 분명하다. 전부인지, 아니면 일부인지 모르지만 그것을 기반으로 다른 세계들을 장악하려고 했고, 장악한 세계를 통해 자신에게 필요

한 실험을 한 것이다.'

사실 회귀하기 전에도 어렴풋이 짐작하던 것이다. 나를 직접적으로 괴롭히던 놈들 뒤에 초월적인 존재가 있음을 말이다.

세계를 장악하려는 존재인지 아니면 하수인인지는 모르지만, 하탄이 남긴 정보를 얻음으로써 복수의 대상이 명확해졌다.

모든 세계를 장악하려 했던 존재들이 바로 내가 진정으로 복수할 대상이다.

"그나저나 천운이로군. 하탄의 욕심과 참회로 전혀 예상하지 못한 결과가 나타났으니 말이야. 어떤 존재들인지는 모르지만 놈들도 꽤나 곤욕스럽겠군."

파악한 정보로 유추해 볼 때 꽤나 재미있는 상황이 되었다.

창조주가 만들어낸 인과율 시스템을 이용해 뭔가 획책하던 존재들을 당혹스럽게 할 만큼 상황이 변해 버린 것이다.

간섭을 단절시키기 위해 에너지를 축적하는 것 이외에도 일곱 명의 마스터가 심혈을 기울인 것이 또 하나 있다.

분기의 원점이 되는 지구가 속한 세계로 접근하는 것이었다.

지구의 인과율 시스템을 간섭하는 존재는 자신의 실험을 위해 연결점을 단방향으로 끊어 놓았다.

지구에서는 간섭이 가능하지만, 다른 세계에서는 지구로의 간섭이 불가능하도록 말이다.

첫 번째 마스터가 지구가 속한 세계와 연결될 수 있는 단초를 찾았고, 나머지 마스터들은 가능성을 확장했다.

그리고 하탄이 완전히 연결을 시킬 수 있었다.

하탄이 욕심을 내게 된 이유도 이 때문이다.

다른 세계로 연결하는 방법을 찾아냈기에 첫 번째 마스터의 유지도 무시했던 것이다.

그러나 지금은 다르다.

지구에 나타난 게이트 중 양방향으로 접속할 수 있는 세계들이 많아졌다.

그렇다는 것은 놈들의 간섭이 끊어진 세계가 많아졌다는 것을 의미한다.

하탄의 시도가 지구가 속한 세계의 인과율 시스템을 건드려 간섭을 일부나마 깨트린 것이 분명하다.

"현재 게이트를 차지하고 있는 것은 이면 조직들이다. 스팟과 게이트를 차지한 이면 조직들은 그로 인해 막대한 힘을 손에 넣고 있고. 그런 정황을 볼 때 놈들이 지구의 인과율 시스템을 완벽하게 통제하지 못하게 되었을 가능성이 크니 나에게도 기회가 있겠구나."

지구의 인과율 시스템에 드리워진 놈들의 간섭이 많이 사라졌다는 의미하기에 할아버지와 부모님을 찾을 수 있을 확률이 높아졌다.

단방향 게이트로 사라진 분들이지만 놈들의 간섭을 끊을 수만 있다면 직접 찾아볼 수도 있으니 말이다.

"얻을 것은 다 얻었으니 나가보자. 하도르 또한 하탄이 남긴

안배 중 하나일지도 모르니 말이야. 무엇보다 하탄이 이 세계를
유지하게 만든 방법도 알아야 하고."

소멸하기 직전의 세계를 유지시킨 후 시간을 거슬러 올라간
하탄이다.

그 방법이 이곳에 남겨져 있지 않으니 나에게 팔찌를 넘긴 하
도르가 알고 있을 확률이 아주 높다.

아니면 마탑에 남겨진 하탄의 유진에 그 방법이 남아 있을지
도 모르고 말이다.

— 모두 끝나셨습니까?

생각을 정리하기가 무섭게 의지가 전해져 온다. 팔찌에 있다
는 에고가 분명하다.

— 넌 하탄이 만들어낸 에고인가?

— 그렇습니다. 앞으로 마스터를 충실히 보좌하겠습니다.

— 재미있군. 네가 할 수 있는 것이 무엇이지?

— 마스터! 마스터께서 질문하신 것에 답변을 드리기 전에 저
에게 이름부터 지어주십시오. 존재로서의 의미를 확실히 해야
제가 가진 능력을 전부 활용할 수 있습니다.

— 좋다. 하탄이 너를 남긴 뜻을 기려서 하늘의 방패라는 의
미인 젠가이드로 너를 부르마.

— 아주 좋은 이름입니다.

— 후후후, 이름이 좋기는 하지만 부를 때는 줄여서 젠이라고
부르도록 하마.

— 애칭까지 주시다니 고맙습니다, 마스터. 그럼 지금부터 동기화를 시작하겠습니다.

젠은 나와 신체적으로 융합한 존재다. 지금 깨어난 것은 아마도 하탄의 안배를 모두 얻었기 때문일 것이다.

나에게서 얻어야 하는 움직일 수 있는 에너지와 사고할 수 있는 지식을 말이다.

— 동기화가 끝났습니다, 마스터. 그럼 질문하신 것에 대해 말씀을 드리겠습니다. 마스터께서 하시고 싶은 모든 것이 저를 통해 구현이 가능합니다. 그리고 세계의 주인으로 인정을 받으신 터라 저를 통해 귀속된 세계를 보다 정밀하게 컨트롤 하실 수 있으십니다.

— 너를 통해서 말이냐?

— 그렇습니다. 마스터께서 원하신다면 사도로서의 역할도 수행이 가능합니다.

— 무슨 뜻이냐?

— 마스터께서는 저를 아바타로 만들어 각 세계를 주관하실 수 있다는 뜻입니다.

— 후후후, 내가 신이라도 된 것 같군.

— 그렇습니다. 마스터에게 속한 일곱 세계에서 마스터께서는 신이나 다름없습니다.

— 나는 신이 되고 싶은 생각이 전혀 없다. 그저 할아버지와 부모님을 찾아 인간답게 살고 싶을 뿐.

— 알겠습니다. 모든 것이 마스터께서 원하시는 대로 될 것입니다. 그리고 결계 밖에 있는 하도르가 무척이나 초조해하는 것 같습니다.

— 얼마 지나지도 않았는데 성질이 급하군.

— 아닙니다. 마스터께서 이곳에 들어온 지 정확히 30일 12시간이 지났습니다.

— 으음, 정말 그렇게 시간이 지났나?

— 예, 마스터.

— 얼른 나가봐야겠군. 하도르도 그렇고, 곤란한 일이 벌어졌을 수도 있을 테니 말이야.

— 그럼 결계를 해제하겠습니다.

젠의 의지가 전해지기 무섭게 단절된 공간이 열리는 것이 느껴졌다.

그와 동시에 내가 처음 들어왔던 그대로 서고의 모습이 바뀌었다.

천천히 걸어서 서고의 문을 열었다.

'무척 기다렸나 보군.'

밖에서 초조하게 기다리고 있던 하도르의 표정에 급격하게 환해졌다.

"무사하셨군요."

"별다른 일은 없었습니다. 그런데 제가 많이 늦었나 봅니다."

"서고로 들어가신 지 한 달이 넘었습니다."

내가 느꼈던 시간은 겨우 두어 시간인데 벌써 한 달이 지났다니 놀랄 일이다,

"그렇게나 시간이 흐른 겁니까?"

"예, 그렇습니다. 서고 안에는 식량도 없었을 텐데 어떻게 견디신 겁니까?"

"다행스럽게도 하탄 님의 안배가 있었습니다. 그런데 바깥이 조금 소란스럽군요."

기감을 열어 어느 정도 상황을 파악했지만 일부러 하도르에게 물었다.

"그것이… 제가 도서관 출입을 금지시킨 것 때문에 시비가 발생했습니다. 지금 밖에는 용병들과 기사들이 대치하고 있는 중입니다."

"그렇군요. 일단 나가보는 것이 좋을 것 같습니다."

하도르와 나누고 싶은 이야기가 많지만 지금은 테라 나인의 삼인방을 돌봐야 할 때다.

나 때문에 이곳 하탄 성의 기사들과 대치를 하고 있는 것 같으니 말이다.

하탄 도서관 앞은 긴장감이 팽배했다.

중갑을 입은 병사들과 간편한 경갑 차림을 한 기사들이 탱크 일행을 포위하고 있었다.

탱크 일행은 도서관 입구를 둘러싼 채 경비대와 대치하고 있었다.

"당장 무기를 버리고 무릎을 꿇어라. 그렇지 않으면 죽음을 각오해야 할 것이다."

경비대장인 베라한은 안색을 굳히며 앞에 서 있는 세 사람에게 말했다.

"다시 한 번 말하지만 의뢰인이 나올 때까지는 들어갈 수 없으니 그렇게 아시오."

"용병들이라 그런지 말귀를 못 알아먹는군."

스르릉!

베라한이 검을 빼 들자 경비대에 속한 기사들이 각자의 검을 꺼내 들었다.

서슬이 푸른 기색에도 불구하고 탱크가 전면에 나서며 손에 낀 건틀렛을 다잡았다.

유리안과 제레미는 날개를 펼치듯 탱크의 양옆으로 늘어서며 하탄 도서관으로 들어가는 입구를 막아섰다.

"팔다리 하나 정도는 잘라내도 좋으니 제압해라!"

파파팟!

베라한의 명령에 기사들이 세 사람을 향해 나는 듯이 튀어 나갔다.

차차차창!

까가가가가강!

탱크 일행은 한 발자국 이상 자리를 벗어나지 않으며 기사들의 검격을 막아냈다.

상대가 압도적임에도 불구하고 탱크 일행은 자리를 수시로 교체하며 사이를 파고들어 도서관으로 진입하려는 기사들을 막아냈다.

연수합격에 도가 튼 기사들이 쉽게 제압을 하지 못했다.

기사들을 막아내고 있는 용병들은 위험한 듯 보이지만 여유마저 있어 보였다.

'으음, 대단하군.'

경비대의 목적은 도서관 안으로 진입해 안에서 벌어진 일을 확인하는 것이다.

용병의 수준을 벗어난 움직임과 자신들의 의도를 알고 방어를 펼치는 모습을 보며 베라한은 감탄할 수밖에 없었다.

셋 다 검을 쥐지 않고 있었다. 기사들이 다치는 것을 꺼려하는 것인지 제 실력을 발휘하지 않고 있는 것이다.

박투술만으로 기사들의 검격을 막아낸다는 것은 실력이 월등하다는 뜻이었기에, 베라한은 쉽지 않음을 깨달았다.

'오러가 담긴 것까지 막아내다니. 이대로는 어렵다. 어떤 가문이기에 S급에 준하는 실력자들을 고용한 것인지 모르겠군.'

기사들의 검격에는 오러가 담겨 있었다.

강철이라도 단숨에 베어낼 수 있는 힘이 담겨 있는데도 소용이 없었다.

그런 힘을 단지 건틀렛만으로 막아낸다는 것은 그들도 오러를 담았다는 뜻이기에 이를 고용한 가문의 정체가 궁금해졌다.

― 한 단계 더 높인다.

전원이 중급 익스퍼트인 베라한의 수하들은 지금 최소한의 힘만으로 세 사람을 상대하고 있었다.

베라한은 빠른 시간에 세 사람을 제압하기 위해 수하들에게 지시를 내렸다.

슈슈슈슈슉!

쐐―애액!!

그러자 검에 선명한 오러가 넘쳐 나고, 몇 배나 빠른 속도의 검격이 세 사람을 향해 날아들었다.

콰콰쾅!

탱크 일행의 대응도 빨라졌다. 오러가 담긴 검과 건틀렛이 충돌하며 폭음이 터졌다.

기사들이 오러의 크기를 늘린 만큼, 탱크 일행도 에테르 사용을 늘린 탓에 무기가 부딪치는 순간에 충격파가 터진 것이다.

콰콰콰쾅!

기사들과 탱크 일행의 공방이 치열하게 전개되자 주변 건물들이 진동하기 시작했다.

매우 위험해진 상황임에도 불구하고 탱크 일행은 기사들의 공격을 잘 막아냈다.

게이트를 넘어 다른 세상을 탐색하는 동안 수많은 몬스터들과 상대해 봤던 경험이 빛을 발하고 있었던 것이다.

'안 되겠군.'

여유가 있어 보이는 세 사람의 표정을 보자 베라한은 탱크 일행이 상급의 익스퍼트임을 느낄 수 있었다.

"다들 물러나라!"

베라한이 수하들을 물렸다.

수하들보다 월등히 실력이 높다는 것을 느꼈기에 불상사를 예방하고자 취한 조치였다.

파파팟!

포위한 형태를 풀지 않은 채 베라한의 수하들이 뒤로 물러났다. 철저하게 훈련을 받은 듯 정교하고 조직화된 움직임이었다.

베라한은 그 자리에서 움직이지 않았지만 수하들이 물러선 탓에 앞으로 나선 것처럼 보였다.

화르르르르!

베라한이 쥔 검이 붉은색으로 불타오르기 시작했다.

자신의 검에 속성을 부여할 수 있는 베라한이기에 가능한 일이었다.

검을 태울 듯 타오르던 불꽃이 곧바로 적색에서 청색으로 바뀌었다.

뒤를 이어 넘실거리는 불꽃이 푸른색의 광채를 내뿜으며 검신 속으로 수그러들었다.

뭐든지 베어버릴 수가 있다는 오러 블레이드의 출현이었다.

"으음."

탱크가 자신도 모르게 신음을 질렀고, 뒤에서 출입구를 막고 있었던 유리안과 제레미의 얼굴도 창백해졌다.

— 막지 못할 겁니다, 대장.

— 그래도 막아야 한다. 저자의 공격을 내가 방어하는 동안 방법을 마련해, 유리안.

— 알겠습니다, 대장.

— 제레미, 어느 누가 되더라도 도서관 안으로 진입하지 못하도록 해라. 절대!

— 염려하지 마세요, 대장. 문을 열고 안으로 들어갈 수 있는 자는 아무도 없을 겁니다.

— 그래, 고맙다. 유리안 너도.

— 별말씀을!

딱 부러지는 것 같은 유리안의 차가운 대답에는 결의가 담겨 있었다.

능력을 가지고는 있지만 족쇄가 채워진 능력이다.

배터리처럼 에테르를 채워야만 쓸 수 있는 능력으로 인해 개처럼 조직에 부려져야 했다.

그런데 지금은 그럴 필요가 없다.

특급에 준하는 기사들과 싸웠음에도 소모된 에테르가 빠르게 채워지고 있다.

특급 능력자 중에서도 중급에 속하는 자라 해도 충분히 승산이 있다고 유리안은 생각하고 있었다.

— 시작하자.

유리안의 생각과 모두가 일치했는지 세 사람이 끼고 있는 건틀렛에 녹색의 오러가 맺히기 시작했다.

유형화되지는 않아 베라한이 보여준 오러 블레이드에는 손색이 있는 것이기는 하지만 막대한 힘이 담긴 오러였다.

샥!

베라한의 신형이 꺼지듯 사라졌다.

번쩍!

베라한이 사라짐과 동시에 푸른색의 빛무리가 섬광처럼 퍼져 나갔다

콰—쾅!

귀청을 찢을 것 같은 굉음과 함께 거대한 에너지가 주변을 감쌌다.

녹색의 광구가 주변을 뒤덮는 순간, 녹색의 빛을 따라 땅이 움푹 밑으로 꺼졌다.

'내 검이 막히다니. 역시 실력을 감추고 있었던 것인가?'

잠시 후, 녹색의 광구가 사라지고 베라한의 푸른색 오러 블레이드를 자신의 검으로 맞대고 있는 샤인의 모습이 보였다.

샤인의 검에서도 녹색의 오러 블레이드가 선명하게 빛을 발하고 있었다.

'저 나이에 마스터라니…….'

처음 보았을 때 상당한 실력을 가지고 있을 것이라 느꼈지만, 마스터일 줄은 생각도 못했기에 베라한의 얼굴이 찌푸려졌다.

한참이나 어린 나이에 자신 보다 강한 마스터라니, 믿을 수 없는 일이었다.

힘을 좀 얻었다고 오러 블레이드에 맞서다니, 하룻강아지 같은 자들이다.

상급의 익스퍼트와 마스터의 차이는 하늘과 땅만큼이나 큰 것임을 모르고 있다.

'하긴, 현실 세계와 이곳의 차이를 모를 테니…….'

지구의 현실 세계는 이곳에 비하면 반쪽짜리나 마찬가지다.

특급 능력자들이 오러 블레이드를 손쉽게 구현하지만, 허울 좋은 개살구다.

이곳 기사들과 비교하면 강도나 활용도 면에서는 프로와 아마추어의 차이만큼이나 심하게 난다.

지구의 마스터에게 이기는 것만 하더라도 목숨을 내놔도 어려운 마당에 이곳의 마스터와 일전을 결하려 했다니 바보 같은

짓이다.

'처음 제대로 된 힘을 얻었으니 그럴 수도 있겠지… 먼저 내 앞에 있는 자부터 처리하자.'

자신들의 실력을 과신하는 탱크 일행에 대한 훈계는 나중에 하는 것이 좋을 것 같다.

일단은 앞에 있는 베라한부터 처리해야 하니 말이다.

"무슨 일이기에 내가 고용한 용병들을 핍박하는 건가?"

"크으."

베라한은 대답대신 신음을 흘렸다.

자신의 검격을 막은 내 검력으로 인해 내부에 충격을 받은 탓이었다.

"크, 마스터였나?"

"내 질문에 대답을 하지 않았다."

여차하면 목이라도 벨 기세로 재차 다그쳤다.

"이곳에서 차원 균열이 일어났다. 우리는 그것을 확인하려고 했고 저들은 우리를 막아섰다. 차원 균열은 제국법에 의해 최우선적으로 처리해야 하는 사항이다."

베라한의 대답을 들은 난 하도르를 바라보았다.

그가 고개를 끄덕이는 모습을 보며 베라한의 말이 사실임을 알 수 있었다.

"좋다. 제국법이 그렇다고 하면 할 수 없는 일이지… 그러나!"

내가 수긍하는 모습을 보이다가 태도가 변하자 베라한의 표정이 다시 굳어진다.

"어떻게 이곳에 차원 균열이 일어났다는 것을 안 것이지? 쉽게 알 수 있는 일이 아니었을 텐데 말이야."

한마디로 차원 균열을 핑계대고 세 사람을 어떻게 하려는 것이 아니었냐는 질문이다.

"크으으, 하탄 마탑의 탑주가 감지를 했고, 상급의 마스터이신 영주님께서도 감지를 했다."

"맞습니다."

내 기세에 눌린 베라한이 신음을 흘리며 대답을 했고, 보증하듯 하도르가 나섰다.

"다섯 시간 전에 차원 균열의 조짐이 보였던 것은 사실입니다. 하지만 그것도 잠깐이었고, 이내 사라져 버렸습니다."

"하도르 님의 말대로 사실인 것 같군. 저들은 날 지키기 위해 그런 것이니 이대로 끝내는 것이 어떻소, 베라한?"

"무엇을 말이오."

"저들의 신분이 용병이기는 하지만 가문의 기사들이나 마찬가지인 신분이오. 가문이 몰락해 지금은 어쩔 수 없이 용병으로 지내지만 언젠가는 내 좌우에 설 가신들이라는 뜻이오."

내말은 세 사람에 주어진 최우선의 임무가 나를 지키는 것이라는 뜻이었다.

기사라면 황제 명령에도 자신의 군주를 지키는 것이 우선이니 잘 알아들을 것이다.

"그러니까 저분들이 기사라는 말입니까?"

"보셨으니 짐작이 갈 것이오. 저 정도의 실력을 지닌 이들이 고작 용병일 리가 있겠소?"

"으음."

베라한이 신음을 삼킨다. 그럴 만도 할 것이다. 사실이라면 탱크 일행을 더 이상 어쩔 수 없을 테니 말이다.

제국에서도 전국적으로 명성을 날리는 용병 길드는 모두 셋이었다.

세 길드의 마스터들은 용병이기는 하지만 자작의 작위를 가진 귀족과 동급으로 여겨진다.

용병 길드의 마스터들은 모두 익스퍼트 상급이기 때문이다.

비록 실전 경험이 길드 마스터들보다 떨어지기는 하지만 탱크 일행은 그들과 비슷하다.

그것은 용병이라면 절대로 가질 수 없는 실력이다.

용병 길드의 마스터들도 자유 기사였던 자들이다.

기사가 아니라면 가질 수 없는 능력을 가지고 있는데다 내 말까지 있고 보니 고민이 깊어질 수밖에 없을 것이다.

"알겠소. 저들은 기사도를 지키려고 했으니 이번 일은 불문에 붙이도록 하겠소. 그렇지만 당신에 대해서는 조사가 필요할 것 같소."

'어지간하군.'

하탄이 남긴 것들을 얻으며 이 세계의 정보를 상세히 알게 되었다.

나보다 실력이 떨어지는 것을 알면서도 베라한이 이러는 것도 이유가 있다.

차원 균열이 남긴 후유증이 이 세계에 커다란 아픔으로 남아 있기 때문이다.

차원 균열은 제국 사람들에게 공포의 대상이다.

균열을 뚫고 이 세계에 침입하는 존재들로 인해 수많은 문명과 사람들이 사라져야 했으니 말이다.

"공명정대하게 진행을 한다면 응하도록 하지."

"고맙소."

어려울 것이라 생각했었는지 고개를 살짝 숙이며 고마움을 표시한다.

"하킨, 들어가서 조사를 해봐라."

베라한의 명령에 경비병들 뒤에 서 있던 마법사가 앞으로 나서자 하도르가 입을 열었다.

"하킨, 들어갈 필요 없다. 차원 균열이 발생했지만 이내 닫힌 것을 내가 이미 확인했으니 말이다."

"하도르 님께서 확인을 하셨다는 말입니까?"

베라한이 미심쩍은 표정으로 물었다.

"그렇네. 나 또한 하탄에 속한 사람이네. 마탑의 일원으로서 의무를 저버리지 않았으니 너무 그러지 말게. 내가 그냥 지나쳤을 것이라 생각하다니 조금 섭섭하구먼."

"죄, 죄송합니다."

하도르가 서운한 기색을 내비치자 베라한은 황급히 고개를 숙였다.

"내가 직접 차원의 균열점과 향후 파장에 대해 조사를 했네. 그렇지만 차원 균열은 생기자마자 곧바로 사라졌다네."

"아니, 생기자마자 바로 사라졌다는 말입니까?"

차원 균열이 일어나면 언제나 큰 사건으로 번졌다. 알 수 없는 이계의 몬스터들이 떼로 몰려나오거나, 천재지변이 일어나고는 했다.

그런데 아무 사건도 없이 차원 균열이 닫히다니 이상한 일이었다.

"그동안 출입을 막은 것도 그 때문이네. 균열을 막은 장본인을 지켜야 했으니 말이야."

"그 말씀은, 차원 균열이 그냥 저절로 사라진 것이 아니라는 뜻입니까?"

"그렇다네. 바로 샤인 크리스님이 차원 균열에서 새어나온 에너지를 곧바로 흡수하셨네. 그 여파로 인해 각성 단계에 들어가셨기에 도서관 출입을 막을 수밖에 없었네."

"으음, 그렇군요."

베라한은 어째서 하도르가 도서관의 출입을 막았는지 이해하는 것 같았다. 하도르로서는 당연한 조치였기 때문이다.

내가 얻은 정보가 사실이라면 제국법에서는 차원 균열 시 발생하는 미지의 에너지에 관심이 높았다.

지구에서는 에테르라 이름붙인 미지의 에너지를 얻은 이들에 대해서는 특별히 관리하도록 규정하고 있다.

제국이 법으로 정하면서까지 차원 에너지를 얻은 이들을 관리하는 이유가 있다.

차원 에너지를 얻은 이들의 경우 최소한 익스퍼트에 준하는 능력을 얻을 수 있기 때문이었다.

에테르는 근원적인 에너지에 가까워 마나보다 훨씬 뛰어난 효율성과 파괴력을 지녔다.

잘 활용하기만 한다면 쉽게 마스터에 도달할 수 있고, 자질이 뛰어나다면 그랜드 마스터도 될 수 있기에 브리턴 제국에서 특별하게 관리하고 있는 것이다.

"자네가 의심하는 이유를 아니까 이번에는 그냥 넘어가지만 다음에는 책임을 물을 테니 그리 알게."

"그랬군요, 하도르 님. 경솔하게 의심한 점에 대해서 진심으로 사과드립니다."

"됐네. 그건 그렇고, 샤인 님께서 차원 에너지를 얻어 영주님을 만나야 할 것 같은데 자네는 어떻게 생각하나?"

넓은 영토를 소유한 만큼 1차적인 관리 책임은 영주에게 있었다. 하도르가 그것을 일깨웠다.

"이런, 제가 계속 실수를 하고 있군요. 곧바로 보고를 드리겠습니다. 제가 먼저 출발을 할 테니 천천히 오십시오. 너희들은 저분들을 모시고 천천히 와라."

베라한은 수하들에게 명령을 내린 후에 급한 탓인지 곧바로 장내를 떠났다.

'후후후, 다급한 모양이군.'

차원 에너지를 보유한 내가 나타났다는 것을 알리기 위해서 인지 베라한은 마나를 활용하고 있었다.

눈 깜빡할 사이에 시야에서 사라지고 없었다.

"영주님께 가보셔야 할 것 같습니다."

"제국법이 그러니 어쩔 수 없군요."

생각을 정리하고 싶었지만 하도르가 진심으로 권유하는 것 같아 영주를 만나보기로 했다.

"쉬고 싶으니 빨리 만나보는 것이 좋을 것 같습니다. 너희들 도 같이 가도록 하자."

하도르에게 승낙을 하고 탱크 일행에게 말했다.

"알겠습니다. 조용히 뒤를 따르겠습니다."

탱크가 믿음직스러운 모습으로 말했다. 계약으로 맺어진 상 황이지만 책임을 다한 탱크가 믿음직스러워 보였다.

'최대한 빨리 저들의 능력을 올려야 한다. 능력이 오르면 베 라한과 일대일로 맞붙어도 지지는 않을 것이다.'

예상보다 빠른 성취. 마스터가 되기 위한 경험이 부족할 뿐, 이미 마나를 마스터의 수준에 도달한 상태다. 영주와의 면담이 끝나면 본격적인 수련을 시킬 필요가 있을 것 같다.

공립 도서관 앞이기에 영주성까지는 그다지 멀지 않았다.

10분이 채 걸리지 않아 내성 입구에 도착했고, 별다른 검문 없이 내성으로 들어갈 수 있었다.

베라한은 내성 입구에 도착한 후 경비대에게 하도르가 귀한 손님을 모시고 올 것이라 말했다.

결례를 범하지 않도록 수하들에게 당부를 한 후 곧바로 내성 안에 있는 영주 관저로 향했다.

"영주님은 안에 계시냐?"

"서재에 계실 겁니다, 대장님."

"조금 후에 하도르 님이 귀한 손님을 모시고 올 것이다."

"귀한 손님이요?"

"그래, 절대 결례를 범해서는 안 되는 분이다. 도착하게 되면 하반 네가 직접 모시고 영주님께 안내를 하도록 해라."

"알겠습니다. 대장님."

"난 이만 영주님을 뵈러 가겠다."

베라한은 입구를 지나 영주가 있는 서재로 향했다.

"도대체 누가 오기에 대장님께서 저리 서두르시는 거지?"

평소 엄격하고 침착했던 모습과는 달리 허둥대는 베라한의 모습을 보면서 하반은 고개를 갸우뚱 했다.

"저렇게 서두르시는 것을 보면 정말 중요한 손님인 모양이군. 긴장하자, 하반!"

하탄 기사단의 막내이기는 하지만 명예를 중요하게 생각하는 하반이었다.

자신으로 인해 하탄 성의 명예가 실추될 수도 있다는 생각에 하반은 평소보다 더 긴장감이 들었다.

하반이 자신의 몸가짐을 점검하고 있을 때, 베라한은 서재에서 책을 읽고 있는 영주를 만나고 있었다.

멋진 팔자수염을 자지고 있는 하탄 성의 영주는 하가로스 루하탄으로, 선친에 이어 10년째 영주를 하고 있는 이였다.

차원 균열이 발생한 탓에 그와 관련된 자료를 보고 있던 하가로스 백작은 베라한이 들어오자 읽기를 멈췄다.

"조사가 끝난 건가?"

"그렇습니다. 영주님."

"얼굴이 상기된 것을 보면 무슨 일이 있었던 게로군."

"그렇습니다. 영주님. 균열은 사라졌고, 차원 에너지를 가진 이가 나타났습니다."

"뭐라 그랬나?"

하가로스가 눈을 빛내며 물었다.

"현재 도서관을 관리하고 계신 하도르 님의 말씀에 의하면 차원 균열이 발생한 직후에 차원 에너지를 얻은 이가 있다고 합니다."

"차원 에너지를 얻은 이는 누구라고 하던가?"

"마나 폭풍이 끝나고 난 뒤에 성에 들어온 샤인 크리스라는 자입니다."

"샤인 크리스?"

"몰락 귀족으로, 기사 수련을 다니는 자입니다."

"귀족이로군. 차원 에너지를 얻은 자가 나타났다고는 하지만 자네가 이러는 것을 보니 샤인 크리스라는 자의 실력이 상당히 뛰어난 모양이군."

"그렇습니다, 영주님. 사소한 시비 때문에 그자와 검을 맞댈 수 있었는데 이미 저를 넘어선 실력을 가지고 있었습니다."

"마스터라는 말인가?"

"그렇습니다. 영주님."

"으음."

그동안 수많은 이가 차원 균열에서 흘러나온 에너지를 통해 각성을 하고 이름을 날렸다.

그렇지만 처음부터 마스터로서의 능력을 보여준 이는 오직 세 명뿐이었다.

브리턴 제국을 세운 초대 황제와 검의 신이라 검신 벨제노스, 그리고 암흑의 야수라는 카노아제가 전부다.

검신 벨제노스는 1,000년 전 당시 제국에 존재하는 모든 마스터를 꺾어버린 존재였다.

그리고 암흑의 야수 카노아제는 500년 전 브리턴 제국에 반기를 든 귀족파를 일거에 쓸어버린 이였다.

차원 에너지를 얻는 순간 곧바로 마스터에 이른 이들은 제국의 역사에 깊은 족적을 남겼다.

그런 자가 자신의 영지에 나타났기에 하가로스는 가슴이 뛰었다.

"그자는 어떻게 됐나?"

"하도르 님과 함께 영주 성으로 오고 있는 중입니다."

"환영식을 준비해야겠군."

"그러시는 것이 좋을 것입니다. 그런 실력을 가진 자를 적대할 필요는 없으니까요."

"준비는 집사에게 맡길 테니 자네는 어서 가서 그 사람을 데려오게."

"예, 영주님."

베라한은 서재를 나와 관저를 나섰다.

"차원 에너지를 가진 자라……."

하가로스는 읽고 있던 자료를 다시 보았다.

그랜드 마스터에 달하게 되면 차원을 열고 그 너머의 세상을 연결할 수 있는 능력을 가지게 되는 존재가 차원 에너지를 품은 자였다.

브리턴 제국의 설립도 그렇게 이루어졌다.

차원을 열고 이계를 손에 넣은 초대 황제는 대륙의 모든 국가를 무너트리고 제국을 세웠다.

차원 에너지를 얻었다는 자를 손에 넣을 수 있다면 자신도 초대 황제와 같은 위업을 쌓을 수 있을 것이기에 하가로스는 가슴이 뜨거워졌다.

"어떻게 생각하나?"

— 무엇을 말이지?

"차원 에너지를 얻은 자가 나타났다는 것을 듣지 않았나?"

— 글쎄! 진짜일지 아닐지는 살펴봐야 할 것이다. 차원 균열이 일어났던 시간이 워낙 순간이었으니 말이다.

"그럼 더 뛰어난 것이 아닌가? 그렇게 빨리 차원 균열이 닫혔다면 말이야."

— 후후후, 속임수일지도 모르지.

"그렇지는 않을 것 같군. 수도에서 곧바로 연락이 온 것을 보면 말이야."

서재의 천정에 달린 마나등이 붉은빛을 내며 깜빡거리고 있었다. 황실이 있는 제국의 수도에서 긴급한 연락이 왔다는 신호였다.

하가로스는 서재를 나와 통신실로 향했다.

안으로 들어서자 누군가 자신보다 먼저 와서 대기하고 있었다. 자신뿐만 아니라 마탑주도 연락을 받은 모양이었다.

"하르탄 님께서도 호출을 받으신 모양이오?"

"그렇습니다. 영주님."

대대로 같은 이름을 이어받는 마탑주는 마법사 특유의 인사법으로 하가로스를 맞았다.

"마탑주와 본인을 같이 소환한 것을 보면 황실에서 명령이 내려온 모양인데 어떻게 생각하시오?"

"아무래도 이번에 발생한 차원 균열 때문인 것 같습니다."

"본인도 그렇게 생각하오만 거의 찰나에 가깝게 균열이 발생했는데 황실에서 우리 둘을 호출하다니 이상한 일이 아니오?"

"제 생각이지만 이번에 황실 마탑에서 새로 개발한 차원 감지기가 성능이 아주 좋은 것 같습니다."

"전에 말씀하셨던 것 말이오?"

"예, 영주님."

"우리 영지에서 일어난 것을 이렇게나 빨리 감지하다니, 정말 성능이 좋은가 보오?"

"황실 마탑에서 감지기 개발에 심혈을 기울였던 것 같습니다. 에고를 장착한데다가, 대륙 전체에 세밀하게 디바인 마크를 설치한다고 했었는데 정말 성공한 모양이니 말입니다. 순간적으로 일어난 차원 균열이지만 그 정도 감지기라면 충분히 포착을 할 수 있었을 겁니다."

"그렇군요."

하가로스가 고개를 끄덕였다.

"그나저나 무슨 지시가 있을지 걱정이 됩니다."

"걱정할 것이 무엇이 있겠소. 차원 균열을 감지했다면 제국 법이 정하는 대로 지시를 내릴 테니 말이오."

"아닙니다. 영주님. 지금까지 차원 균열이 이토록 빨리 없어 진 경우는 없었습니다. 아직까지 밝혀진 것보다 모르는 것이 더 많은 차원 균열에 대해 조사 명령이라도 떨어진다면 곤욕을 치 를 지도 모릅니다."

"으음, 그럴지도 모르겠소. 본 백작령에 그만한 역량이 없으 니 어쩌면 황실 마탑에서 마법사들이 파견을 나올 수도 있는 일 이니 말이오."

황실 마탑의 마법사들은 황실이나 귀족가에서 조기교육을 받 은 영재들이다.

그런 반면, 지역 마탑의 마법사들은 각 지방에서 마나에 민감 한 영재들을 받아들여 키운 이들이다.

그로 인해 각 지방의 지역 마탑과 황실 마탑은 옛날부터 사이 가 좋지 않았다.

겉으로는 동등한 마법사로 대우받는 것 같지만, 알게 모르게 지역과 신분의 차별이 존재했기 때문이다.

특히 제국의 심처에 존재하는 고대의 마법에 대한 차별은 자 괴감마저 들게 했다.

고대 마법은 황실 마탑에 소속된 마법사들만이 접근할 기회 가 주어지는데, 이로 인해 지역 마탑은 상대적인 박탈감을 가지 고 있던 것이다.

또한 황실 마탑의 마법사들이 차원 균열을 조사하기 위해 지역으로 파견되는 경우 많은 문제가 발생했다.

지역 마탑의 마법사들을 하인 부리듯 하는 경우가 빈번해 많은 다툼이 발생했던 것이다.

제7장

이런 저런 이유로 인해 황실 마탑과 지역 마탑의 사이는 좋지
않았다.

하가로스 영주 또한 이런 사실을 잘 알기에 곤욕을 치를 마탑
주가 걱정스러웠다.

"워낙 짧은 시간에 차원 균열이 사라져서 황실 마탑에서 마
법사를 파견한다고 해도 그리 오래 머물지 않을 테니 참으면 그
만입니다다만, 하도르가 걱정입니다."

"으음, 그 녀석이 있다는 것을 깜빡했소."

자신의 사촌 동생인 하도르가 있다는 것을 깜빡한 하가로스
가 눈살을 찌푸렸다.

한 성격하는 사촌 동생이 황실 마탑에서 파견된 마법사들의 행태를 그냥 두고 볼 리 없기 때문이었다.

"영주님, 연결이 된 모양입니다."

벽면에 설치된 원형 마법진이 빛을 발하며 투명하게 변하자 마탑주가 연결이 됐음을 알렸다.

— 하가로스 백작과 하탄 마탑주인가?

희미한 인영이 투명한 마법진 안에 떠오르는 것과 동시에 목소리가 울렸다.

"누구십니까?"

— 황실 마탑주인 베토스다.

"탑주를 뵈오."

"탑주님을 뵙습니다."

황제의 숙부이자 대공인 베토스 하이 브리턴을 향해 하탄 마탑주인 하르탄과 하가로스 백작이 예의를 표했다.

마탑에 대해 흥미가 없어 관여를 잘 하지 않는 것이 문제지만 나름대로 존경 받는 황실 마탑의 탑주가 베토스다.

황실 마탑의 다른 마법사들과는 달리 편견이 없을 뿐만 아니라, 마법 연구를 위해 황위마저 버린 사람이었기 때문이다.

— 본인이 부른 이유를 알겠는가?

"차원 균열 때문인 것으로 짐작하고 있습니다."

— 잘 알고 있군. 이번에 내가 개발한 감지기가 그쪽 지역에서 발생한 차원 균열을 포착했다.

"그랬군요. 대공 전하 말씀대로 얼마 전에 차원 균열이 발생했습니다."

— 차원 균열 이외에 다른 이상한 것은 없었나? 차원 에너지를 얻은 이가 나타났다거나 하는 일 말이야.

'이미 알고 있는 모양이군.'

하가로스는 베토스 대공이 이미 모든 것을 알고 있다는 것을 깨달았다.

자신의 계획대로 일이 진행되지 않을 것임을 깨달은 하가로스는 사실대로 말하기로 했다.

마법에 미친 대공이지만 황실의 일원이다. 괜한 의심을 살 필요가 없어서였다

"대공 전하가 생각하신 것처럼 차원 에너지를 품은 자가 나타났습니다. 그것도 중급 마스터를 능가하는 검술을 사용하는 자가 말입니다."

— 사, 사실인가?

"영, 영주님, 그게 사실입니까?"

마법진 속의 베토스도, 하탄 마탑주도 떨리는 목소리로 하가로스에게 물었다.

차원 에너지를 가진 마스터의 등장은 제국에 엄청난 영향을 미칠 것임을 본능적으로 깨달은 탓이었다.

'뭔가 있군.'

하가로스는 8서클에 다다른 베토스 대공의 격정을 읽을 수

있었다.

　마법진으로 영상이 보이고 있다. 놀라운 소식이기는 하지만 대공이 이렇게 감정을 드러내 보일 만큼 중요한 일 또한 결코 아니었다.

　'탑주가 날 무척이나 원망하겠군.'

　놀란 것은 하르탄도 마찬가지인 모양이었다.

　그리고 그의 눈에는 놀람과 함께 원망의 빛도 함께 있었다.

　베토스 대공에게 전하기에 앞서 먼저 알려 주었어야 했다는 원망이 분명했다.

　먼저 알았다면 하탄 마탑의 비원을 이룰 수 있었을지도 모르기에 퍼부어지는 원망 때문이라는 것을 하가로스도 잘 알고 있었다.

　'우선은 달래줘야겠군.'

　하르탄의 마음을 알기에 하가로스 백작은 메시지 마법을 보냈다.

　[너무 원망하지 마시오. 대공도 이미 짐작하고 있었고, 연락을 취한 것은 그저 사실 확인 차원이었을 것이니 말이오.]

　[그래도 먼저 알려 주셨다면…….]

　[그 이야기는 통신이 끝난 뒤에 합시다. 대공이 노할 수도 있으니 말이오.]

　[알겠습니다.]

　하가로스에게 생각이 있음을 깨달은 하르탄은 궁금증을 참으며 메시지 마법을 거뒀다.

— 사흘 후에 그곳으로 차원 에너지를 얻은 자를 보러 내가 직접 갈 것이다. 내가 갈 때까지 그자를 잘 보호하고 있어야 할 것이다.

"명심하겠습니다. 대공 전하!"

황실의 일 이외에 대공이 마법 연구소를 벗어나는 일은 거의 없었다.

황실 마탑 소속의 고위 마법사를 파견해도 되는 일에 자신이 직접 온다니 뭔가 있었다.

'차원 에너지를 얻은 샤인이라는 자에게 뭔가 비밀이 있는 것이 분명하다. 베토스 대공이 무엇 때문에 오는지 반드시 알아내야 한다.'

하가로스는 자신의 염원을 위해 감춰진 비밀을 알아내야 할 필요성을 느꼈다.

하도르의 안내를 받으며 내성에 도착하자, 베라한이 다급이 우리 일행을 맞았다.

"어서 오십시오. 영주님께서 기다리고 계십니다."

"환영을 해주시는 것 같아 마음이 놓입니다."

"별말씀을!"

베라한이 앞장을 서 안내하기에 그의 뒤를 따라 영주 관저로 향했다.

"추웅―성!!"

관저 입구에 도착하자 경계 중이던 기사가 큰 소리로 예를 표했다.

마나를 약간 실은 듯, 그의 목소리가 영주 관저에 쩌렁쩌렁하게 울려 퍼졌다.

"후후후, 목청이 아주 좋군요. 자세와 기백도 있고, 좋은 수하를 두신 것 같습니다."

베라한은 한눈에 하반의 재능을 알아본 내 안목 때문인지 약간 놀라는 표정이다.

"기사단의 막내로, 하반이라고 합니다. 눈에 차지는 않으실 테지만 제법 재능이 있어 단장님의 눈길을 받고 있습니다."

"아닙니다. 보유하고 있는 마나도 그렇고, 아주 훌륭한 재능을 가지고 있는 것 같습니다."

"칭찬해 주시니 감사합니다."

"칭찬은요. 그저 제가 느낀 대로 말씀을 드린 것뿐입니다."

"어서 들어가시죠. 영주님께서 기다리고 계십니다."

마나를 사용해 영주 관저에 왔을 때와는 달리 내성 입구에서부터 관저까지는 천천히 걸어오느라 상당한 시간이 걸렸다.

자신의 주군이 기다리고 있다는 것을 알고 있기에 베라한은 조금 서둘렀다.

관저로 들어간 후 로비를 따라 움직이다가 계단을 올라 백작의 서재로 갔다.

'어디 가신 것이지?'

샤인 일행을 안내한 베라한은 하가로스가 없자 난처한 모습이었다.

"영, 영주님께서 잠시 나가신 모양입니다."

"오실 때까지 기다리고 있겠습니다."

"고맙습니다. 영주님께서 돌아오시는 동안 차 한잔하시겠습니까?"

"차는 가리지 않는 편이니 한잔 주십시오."

꽤나 익숙한 듯 베라한이 한쪽에 있는 바로 가서는 차를 타 왔다.

여섯 잔의 차를 타온 베라한은 탁자에 앉은 각자의 앞자리에 내려놓았다.

지구에서도 흔히 볼 수 있는 녹차 계열의 차였다.

"향이 좋군요."

"하탄에서는 구하기 힘든 허브 그린 차입니다. 영주님이 애용하시는 차지요."

천천히 차를 마시고 있는 중에 누군가 서재로 오는 것이 느껴졌다.

상당한 양의 에너지를 품고 있는 것을 보니 영주와 하도르가 알려준 마탑주 같았다.

서재로 들어오는 문이 열리고 안으로 들어오는 두 사람과 눈이 마주쳤다.

'둘 다 강자다.'

예상한 대로 영주와 마탑주였다. 두 사람은 내가 예상한 것보다 강자였다.

보는 순간 알 수 있었다. 저들이 내 기감으로도 파악할 수 없는 거대한 힘을 내부에 감추고 있음을 말이다.

나를 보며 흠칫하는 것을 보니 두 사람도 내가 가진 힘을 어느 정도 알아차린 모양이다.

"차원 에너지를 얻은 사람이 자네인가 보군."

"그렇습니다. 영주님."

"어린 나이인데 천운이 따르는 모양이군."

"말씀대로 운이 좋았습니다."

"소개가 늦었군. 나는 이곳 하탄 지방의 변경백인 하가로스라고 하네. 여기 이분은 하탄 마탑의 탑주이신 하르탄 님이고."

"관저로 오기 전에 두 분에 대한 말씀은 들었습니다. 전 크리스 가문의 장자 샤인 크리스라고 합니다."

"자네, 방금 크리스 가문이라고 했나?"

"예, 맞습니다. 탑주님."

"세상에나!!"

하탄 마탑의 수장인 하르탄의 놀람에 하가로스 영주의 눈에 의혹이 짙어진다.

자신은 들어본 적이 없는 가문의 이름에 이토록 놀라는 것이
의아할 것이다.

다른 이들도 마찬가지였다.

공립 도서관의 사서인 하도르도, 경비대장인 베라한도 모두
의문이 담긴 눈빛으로 마탑주를 바라보고 있었다.

"아는 가문입니까?"

"알고 말고도 없습니다. 이제는 잊히기는 했지만 현자들 사
이에서는 절대로 잊어버릴 수가 없는 가문이 바로 크리스 가문
입니다. 영주님."

"도대체 어떤 가문이기에 그러는 겁니까?"

"영주님! 영주님께서는 제국의 삼대 전설을 아십니까?"

"그랜드 마스터이신 세 분을 말하시는 겁니까?"

"그렇습니다. 브리턴 제국을 세운 초대 황제 폐하와 검의 신
이라고 회자되는 검신 벨제노스 님, 그리고 암흑의 야수라는 카
노아제 님이 삼대 전설이지요."

"삼대 전설은 왜 말씀하시는 겁니까?"

"선천적인 재능이 뛰어나고, 차원 에너지를 얻었다고는 하지
만 사실 이 세 분은 위대한 업적을 남기기 위해서는 부족한 부
분이 많았던 것도 사실입니다. 이 세 분이 젊은 나이에 남들보
다 뛰어난 업적을 남길 수 있던 것은 이유가 있어서였습니다."

"특별한 이유가 있었다는 말입니까?"

"그렇습니다. 그분들이 위대한 경지를 밟고 업적을 이룰 수

있었던 것은 누군가의 도움이 있었기 때문입니다. 공공연한 비밀이지만 현자들 사이에서는 이 세 분에게 가르침을 준 가문이 존재한다고 알려져 있는데, 그 가문이 바로 크리스 가문입니다."

"으음. 탑주님의 말씀이 맞는 것인가?"

"여전히 가문의 일을 알고 계시는 분이 계시는군요. 이제는 사람들의 기억에서 사라질 만도 할 텐데 말이죠."

나는 영주의 말에 간접적으로 사실임을 시인했다.

크리스 가문에서 하탄 마탑주가 말한 것처럼 세 사람에게 가르침을 준 것은 맞다.

그 세 사람으로 인해 몰락의 길을 걸어야 했지만 말이다.

힘을 얻은 사람들은 대부분 자신들의 치부를 남기고 싶어 하지 않는다.

인간의 속성을 초탈하지 못한 것인지 초대 황제와 검신은 위대한 업적을 쌓은 후 크리스 가문을 핍박했다.

황제와 검신의 암수를 피해 간신히 명맥을 유지하기는 했지만 크리스 가문의 힘은 줄어들었고, 몰락의 길을 걷기 시작했다.

가문에서는 복수를 하기 위해 암흑의 야수라는 카노아제를 키웠지만 결과는 배신으로 돌아왔다.

카노아제의 손에 의해 크리스 가문의 사람들이 단 한 명을 빼고는 전부 몰살을 당해 버린 것이다.

살아남은 크리스 가의 사람은 자신의 신분을 숨긴 채 세상을 등졌다.

그리고 자신의 아들에게 가문의 전모를 전하지 않았다.

사실 크리스 가문의 후예는 이제 이곳에서 사라진 것이나 마찬가지다.

마지막 남은 크리스 가문의 사람을 지구에서 넘어온 내가 차지해 버렸으니 말이다.

"크리스 가문의 사람이라니, 정말 놀랍군."

"예전에 그런 일이 있었다는 것은 알지만 이제는 몰락한 가문일 뿐입니다. 가문의 유진은 전부 사라졌고, 그나마 남은 것이라고는 하류의 검술 하나뿐이니 말입니다."

"그랬군."

하류의 검술이라고는 했지만 영주는 감탄한 모양이다.

차원 에너지를 얻었다고는 하지만 그 검술로 마스터가 되었고, 경비대장인 베라한을 막아냈으니 그럴 만도 할 것이다.

"대단한 가문의 사람이 우리 영지로 와서 차원 에너지를 얻다니 경하할 일일세."

"감사합니다."

"축하도 축하지만 자네가 관저에서 잠시 머물렀으면 하는데 괜찮겠나?"

"황실에서 나올 모양이군요. 영주님께서도 어찌할 수 없는 일이고, 이대로 떠난다면 수배자 신분이 될 테니 황실에서 사람이 올 때까지 이곳에서 기다리도록 하죠."

"고맙네. 자네가 거절했으면 내 입장이 곤란해졌을 테니 말이야."

"도움이 되었다니 다행입니다."

"별거 아닐세. 그나저나 저녁 만찬에 자네를 초대하고 싶은데, 응해 주겠나?"

"당연히 가겠습니다. 아주 재미있을 것 같은데요."

"하하하하! 이렇게 속이 시원한 대답은 오랜만이네."

나에게 할 말이 있음을 알아차리고 참석하겠다고 하니 기분이 좋은 모양이다.

"자, 관저에 머물 수 있는 방이 많네. 베라한이 안내를 해줄테니 쉬도록 하게."

"배려를 해주셔서 고맙습니다."

"저를 따라 오십시오."

영주의 말에 베라한이 나섰다. 남아 있는 이들에게 가볍게 인사를 한 후 서재를 나섰다.

'영지민들도 그늘이 별로 없어 보이고, 자존심이 상할 텐데도 주군이 된 자의 명령을 그대로 따르는 것을 보면 꽤나 괜찮은 영주인 것 같다.'

마스터씩이나 된 자가 안내를 자처하는 것을 보니 영주의 됨됨이를 알 수 있었다.

'그나저나 나에게 하고 싶은 말이 무엇인지 궁금하군. 뭔가

감추고 있는 것이 분명한데 말이야.'

기이한 열기가 가득한 눈동자와 말투에서 하가로스가 야망을 가진 자임을 알 수 있었다.

그가 내게 할 제안이 무엇인지 궁금해졌다.

샤인이 나가고 난 뒤 하가로스는 하르탄을 보며 고개를 숙였다.

"탑주에게 미리 이야기를 해주지 못해 미안하오. 보고를 받자마자 통신실로 가야했기에 미처 말할 틈이 없었소."

"그랬군요. 이해합니다, 영주님."

하르탄은 통신실에서 만났기에 하가로스가 말을 할 수 없음을 이해했다.

마법진이 동기화되고 있는 상태라 자신들이 나눈 대화를 황실 마탑 측에서 엿들을 수도 있기 때문에 영주가 말하지 않았음을 알아차린 것이다.

"그나저나 어떻게 할 생각이십니까?"

"하탄의 염원을 부탁할 생각이오."

"거대한 제국을 상대하는 일인데 그가 들어 주겠습니까?"

"들어줄 것이오. 탑주께서 말하신 대로 그가 크리스 가문의 사람이라면 말이오."

"대공이 온다고 하니 신중하셔야 합니다. 우리의 염원을 그가 대공에게 말하기라도 하면……."

탑주의 몸이 심하게 떨렸다. 자칫 하탄 지역의 모든 백성들이 떼 몰살을 당할지도 모르는 일이었기 때문이다.

"그 점은 염려하지 않으셔도 될 것 같습니다. 탑주님."

"하도르, 그게 무슨 말인가?"

"차원 균열이 발생하자마자 닫힐 때 하탄의 빛을 본 것 같아서 그럽니다."

"정말인가?"

"그렇습니다, 탑주님."

하도르의 확답에 탑주의 얼굴이 환해졌다.

"하탄의 빛이 무엇이기에 그러시는 것이오?"

궁금함을 참을 수 없었던 하가로스가 물었다.

"하탄의 빛은 위대한 본 탑의 첫 번째 탑주께서 남기신 안배입니다. 하도르가 그 빛을 보았다면 샤인은 아마도 차원의 균열에서 하탄 님의 안배를 얻은 것이 분명합니다. 그렇다면 그에게 제안을 해도 위험한 일은 벌어지지 않을 겁니다. 왜냐하면 그가 바로 하탄 마탑의 진정한 탑주이니 말입니다."

하탄의 빛은 바로 스카이 드릴을 뜻했다. 하도르가 말한 것은 스카이 드릴이 샤인의 소유라는 뜻이었다.

"으음."

예상하지 못한 전개에 하가로스가 신음을 흘렸다. 차원 에너지를 얻은 것도 모자라 하탄 마탑의 지정한 탑주라니 이해 못할 일이었다.

"하탄의 빛은 본 탑이 가진 최고의 비밀입니다. 진정한 탑주가 탄생하기 전까지는 임시 탑주와 수석 마법사만이 알 수 있는 비밀이니 영주님께서도 섭섭해하지 않으셨으면 합니다."

"그렇게 말을 하니 더욱 궁금해지는구료."

하가로스는 궁금증을 숨기지 않았다.

"영주님, 궁금하셔도 어쩔 수가 없습니다. 대신 확답드릴 수 있는 것은 하탄의 빛이 가리키는 길이 영주님의 염원과 다르지 않다는 것입니다."

"알겠소. 일단 믿을 수 있다고 하니 다행이오. 어떻게 제안을 할까 고민했는데 편안하게 파티를 즐길 수 있을 것 같소."

"그렇게 하십시오. 베토스 대공이 와서 그를 데리고 간다고 해도 영주님께서는 염원을 이루실 수 있을 겁니다. 본 마탑도 마찬가지고 말입니다."

"알겠소. 그러면 파티에서 보도록 합시다."

"알겠습니다. 그럼 저희는 이만!"

하르탄은 하가로스에게 인사를 하고는 하도르와 함께 급히 서재를 나섰다.

마탑에 들어 한 가지 물건을 꺼내 샤인에게 전해야 했기 때문이다.

[하도르, 열쇠를 가진 것이 분명하더냐?]

[그렇습니다. 제 마나와 반응을 한 것을 보면 틀림없습니다. 그리고 그분이 그곳으로 들어가기 전에 스카이 드릴도 반응을 보였습니다.]

[으음, 스카이 드릴까지 반응을 보이다니 틀림없구나. 그토록 오랜 세월 기다려 왔는데 내 대에서 탑주를 보게 되다니 정말 놀라운 일이다.]

[그렇습니다. 탑주님. 타라스에게 술이라도 한 잔 사야할 것 같습니다.]

[타라스의 예언을 듣고 그렇게 사고를 저지른 후 도서관에 간 것이더냐?]

[마나 폭풍이 불기 전에 타라스가 그러더군요. 평생의 염원을 이루려면 반드시 도서관으로 가라고 말입니다.]

[후후후, 그 녀석도 미래를 맞힐 때가 있군. 내가 충분히 돈을 줄 테니 코가 삐뚤어지도록 술을 사줘라.]

[알겠습니다. 탑주님.]

[서두르자. 대공이 오기까지 사흘 남았다. 그 전까지 일이 아주 많다. 하도르.]

[예. 탑주님.]

두 사람은 서둘러 마탑으로 향했다.

그리고 탑주의 거처에 마련된 비밀의 방에서 한 권의 책을 꺼내 샤인이 머물고 있는 곳으로 향했다.

하르탄이 들고 가는 책은 브리턴 제국의 운명을 바꿀 수 있을 만큼 세상에 다시없을 비밀이 담긴 것이었다.

베라한은 나에게 독방을 지정해 주었고, 탱크 일행은 내가 머무는 방의 양옆과 맞은편에 머물게 했다.

베라한의 안내에 따라 머물 방으로 오면서도 서재를 살피는 것을 잊지 않았다.

서재는 마법으로 도배되어 있어 염탐을 하기가 아주 어려운 곳이었다.

그러나 이미 들어갔던 곳이라 의념을 남겨 두어 무슨 이야기가 오고가는지 염탐할 수 있었다.

하르탄과 하도르가 바깥으로 나온 후 의념으로 주고받던 대화를 들을 수 있어서 많은 것을 알 수 있었다.

하탄의 유지가 지금까지 비밀리에 지켜지고 있다는 것과, 탑에서 보관하고 있는 것에 내가 알지 못하는 비밀이 담겨 있다는 것도 말이다.

"정말 재미있군. 시간이 꽤 흘렀을 텐데 말이야."

나에게는 해가 될 일이 없기에 별다른 조치를 취하지 않기로 했다.

영주의 염원과도 관련이 있다고 하니 두 사람이 이곳으로 오면 무슨 말인지 들어봐야 할 것 같다.

"대공이라는 자가 사흘 후에 오는 모양인데, 그 전까지 두 사람이 가지고 오는 것이나 읽어봐야겠다. 그나저나 방은 괜찮은지 모르겠군."

상당히 좋은 방이다. 시대 배경과 문화 양식은 중세에서 근대로 넘어오는 수준인데 이상하게 방만큼은 현대와 많이 닮아 있었다.

전자 기기라고는 하나도 찾아볼 수 없지만 조명이나 욕실은 마법적으로 처리되어 현대의 것이나 다름없었다.

얼마 지나지 않아 하르탄과 하도르가 내가 머물고 있는 방으로 왔다.

똑! 똑!

"들어오십시오."

내 대답에 문이 열리고 두 사람이 안으로 들어왔다.

"무슨 일로 오신 겁니까?"

"샤인 님께 보여드리고 싶은 것이 있어서 찾아왔습니다."

"제게 보여주고 싶은 것이 있다고요?"

"예, 그렇습니다."

하르탄이 조심스럽게 자신의 아공간에서 책을 꺼내 나에게 주었다.

"마탑에 대대로 전해지는 하탄 님의 유지가 담긴 책입니다."

"그렇군요."

"아직도 정체를 감추실 생각이십니까?"

답답했는지 하르탄이 먼저 의중을 드러냈다.

"내가 하탄 마탑의 진짜 탑주가 됐다는 것 말이오?"

"그, 그렇습니다."

"이렇게 하르탄 마탑주나 하도르 수석 마법사도 알고 있을 것이라 생각해서 별말을 하지 않은 것뿐이오."

"그러시군요."

"그나저나 이게 하탄 님께서 남긴 유지인가 보군요?"

"그렇습니다. 하탄 님의 유진을 얻은 분만이 보실 수 있는 것입니다."

"알았소. 읽어보도록 하겠소."

축객령이 담긴 말뜻을 알아들었는지 두 사람은 고개를 숙여 인사를 한 후 곧장 내 방을 나섰다.

혼자 있게 된 후 책을 펼쳐 들었다. 일기 형식으로 된 책 속에는 하탄의 일대기가 쓰여 있었다.

그냥 인식하면 되는 것이기에 책을 읽는데 걸린 시간은 별로 없었다.

도서관에서 얻은 정보와 그다지 다른 곳도 없기에 수월하게 읽을 수 있었다.

"책이야 별다른 것도 없고. 문제는 이 책 자체로군."

책은 열 개의 부분으로 나뉘어져 있었고, 각 부분마다 중간 표지를 포함해 108장으로 되어 있었다.

한마디로 열 권의 책을 하나로 묶은 것이었다.

책을 이루고 있는 재질은 양피지가 아니라 매우 특이한 것이었다.

종이도 아닌 것이 아주 얇으면서도 찢어지지 않을 정도로 아주 얇았다.

'각 부문이 모두 다른 기운을 가지고 있구나.'

책에는 이곳에서 마나라 불리는 정제된 에테르가 담겨 있었다. 각 부문별로 서로 다른 속성의 마나가 담겨 있는데, 그 양이 장난이 아니었다.

한 부문에 담겨 있는 마나의 양이 하르탄 마탑주가 가지고 있는 마나의 양을 능가하고 있었다.

'이렇게 엄청난 기운을 품고 있는데도 불구하고 하르탄 마탑주나 하도르 수석 마법사는 모르고 있는 것 같은데……'

책 안에 들어 있는 각 부문의 에너지를 합치면 어마어마한 양이다.

그럼에도 알아차리지 못하는 것을 보면 인식 장애를 일으키는 마법이 걸려 있음이 분명했다.

'내가 하탄으로부터 얻은 것들을 마음대로 쓰기 위해서는 내가 가진 것 말고 마나라는 것이 필요하다. 이것이 마탑에 대대로 남아 있었던 것을 보면 결국 나를 위해 남겨진 것이 틀림없구나.'

이 책이 하탄의 또 다른 안배임을 짐작할 수 있었기에 도서관에서 얻은 정보들을 검색했다.

얼마 지나지 않아 책 속에 담긴 안배를 얻을 방법을 찾아낼 수 있었다.

조건이 까다롭지만 아주 간단한 방법이었다.

하탄의 빛이라는 것은 안배를 얻은 이가 책에 피를 묻히게 되면 자연적으로 얻게 되는 것이었다.

엄지손가락에 상처를 냈다.

'아프지도 않군.'

고통은 하나도 없었다.

상처가 벌어져 녹색의 광채를 발하는 피가 방울방울 솟아올랐다.

책 표지에 그려져 있는 기하학적인 문양 위로 엄지손가락을 가져다 댔다.

묻혀 놓은 피가 문양 속으로 스며들었다. 그와 동시에 두툼한 책 전체가 녹색의 광채로 물들었다.

"으음."

나도 모르게 신음을 흘릴 수밖에 없었다.

내가 가진 에테르와 다르면서도 비슷한 느낌을 흘리는 마나가 몸 안으로 흘러 들어왔기 때문이다.

'이대로는 안 되겠군.'

너무 엄청난 양이라 흘러들어오는 대로 가만히 둘 수는 없었다. 언제 끝이 날지 장담을 할 수 없었기 때문이다.

머릿속에서 간질거리는 느낌이 들고 있어서 더욱 그랬다.

시간이 지날수록 지구의 좌표가 명료해지는 것을 느낄 수 있었다.

'점점 시야가 흐려지는 것을 보니 이제 지구로 넘어가려는 모양이군.'

시간의 괴리가 발생한 차원이다.

이대로 돌아간다면 어떤 차이가 있을지 궁금하지만 그다지 없을 것 같다.

시야가 흐려지면서 이곳의 모든 것이 천천히 느려지는 것을 느끼고 있었기 때문이다. 아주 느리게 말이다.

언제 지구로 왔는지 모르겠다.

시야가 흐려지다가 완전히 차단이 되는 것과 동시에 까무룩 정신을 잃어버렸으니 말이다.

정신을 차리고 벽부터 봤다.

1998. 11. 4.(수) 23:15.

벽에 걸려 있는 전자시계가 가리키는 시간이다.

'시간이 이렇게나 지나지 않다니 이상한 일이군.'

하탄 성에서 지낸 시간이 최소한 한 달이다. 그런데 지구의 시간은 한 시간 정도만 지난 시점이다. 내가 책을 읽기 시작한 시간이 밤 10시였으니 말이다.

'시간이 불안정한 모양이군.'

탱크 일행이 게이트 너머의 세계에서 지난 시간과 이곳에서 지난 시간에서 괴리가 발생했다.

마치 흐르지 않은 시간을 복원하듯 한 달이 빠르게 흘렀다. 아마도 다시 넘어가게 되면 이곳과 맞추기 위해 상당한 시간이 흐를 듯하다.

'나에게는 좋은 일이지. 많은 것을 할 수 있을 테니까. 그나저나 책에 담긴 것들을 전부 흡수한 모양이로군. 몸 안에서 꿈틀거리는 것이 말이야.'

기분이 좋았다. 게이트를 넘어 갔다가 왔는데 변화가 생겼다. 전에는 게이트 너머의 세상에 다루었던 에너지를 이곳에서 쓰지 못했는데 지금은 아니다.

책에 담겨 있던 마나가 맥동하며 혈관을 따라 흐르는 것이 느껴진다.

비록 하르탄 마탑주나 하도르 수석 마법사처럼 심장에 마나 핵이 생긴 것도 아니고, 전부 쓸 수는 있는 것은 아니지만 기분이 좋았다.

지금 혈관을 따라 흐르고 있는 마나가 내 계획을 완성시켜줄 히든카드가 될 수 있을 테니 말이다.

'마저 끝내자.'

게이트 너머의 세상으로 가기 전에 읽고 있던 책을 마저 읽었다. 전부 읽고 나니 잠이 쏟아진다.

"아함! 이제 그만 자야겠군."

책을 덮은 후 침대로 가서 누웠다.

비행기를 타고 외국 여행을 하게 되면 시차 때문에 피곤하다더니 나도 그런 모양이다.

한 시간과 30일이라는 시간 차이로 인해 이렇게 피곤하다니 말이다.

어느새 잠이 들었다가 깨어난 것은 여명이 채 찾아오기도 전인 새벽 5시였다.

벽에 걸린 전자시계를 통해 시간을 확인한 후, 욕실로 가서 샤워를 하고 방을 나섰다.

아침부터 일찍 시작되는 교육 때문인지 내가 나서는 것과 동시에 연미도 자신의 방을 나서고 있었다.

"잘 잤어?"

"그래, 잘 잤어. 잠자리가 바뀌어서 불편하지는 않았어?"

"피곤해서 그런지 세상모르고 잤어."

"얼른 가자. 밥 먹고 교육 받으러 가야지."

"그래."

밥 이야기가 나오자 얼굴이 환해지는 연미를 보니 기분이 좋았다.

식당으로 가서 차려진 음식으로 식사를 했다. 뷔페식으로 차려진 음식들을 여러 번 가져다 먹는 연미를 보면서 축복받은 아이라는 것을 알 수 있었다.

'먹을 것을 저렇게 좋아하는데 몸매는 참 착한 것을 보면 타고 났구나. 수련을 한다고 해도 저런 몸매를 유지하는 것이 쉽지는 않을 텐데 말이야.'

여리게 보여도 상당한 수련을 한 것으로 보이는 연미다.

체술 계열의 수련인 것 같은데 품고 있는 에너지를 보면 최소한 일급 능력자의 수준은 넘어섰다.

어제 음식을 먹는 것을 보면 상당한 양이다. 아무리 일급 능력자라고 해도 연미가 먹는 정도의 양이면 살이 쪄도 벌써 쪘어야 정상인데 연미는 그렇지 않다. 선천적으로 타고난 것이라고 봐야 한다.

식사를 끝내고 지하 연구소로 내려갔다.

지하로 내려가 아줌마를 만난 후 곧바로 교육이 시작되었다. 주로 실습 위주의 교육이었는데, 연미가 주로 하고 나는 지켜보는 것으로 교육이 시작되었다.

교육 내용은 대부분 인간의 몸을 다루는 것들이었다. 의학적 이론에 대한 설명이 있은 후 실제 인체를 대상으로 연미가 실습을 하는 것으로 이루어졌다.

연미의 실습 대상은 살아 있는 인간이었는데, 미영 아줌마도 그렇고 연미도 거리낌 없이 실습을 했다.

오전 실습이 끝나고 난 뒤, 지하 연구소에 마련된 식당에서

점심을 먹었다.

"참 대단하다."

머슴밥처럼 냉면 그릇 한가득 밥을 퍼 온다.

더군다나 수술이나 다름없는 실험이라 피를 보고도 맛있게 밥을 먹는다. 그것도 고추장에 밥을 썩썩 비벼 맛있게 먹는 것을 보니 정말 타고난 식성이라는 생각이 들었다.

그렇게 점심을 먹어 놓고도 만족하지 못하는 듯한 표정을 지으니 가관이다. 입맛까지 다시며 다시 실험실로 돌아간 연미를 보니 고개가 나도 모르게 내저어진다.

실험실로 돌아와 계속해서 실습을 했다. 실험이 다시 진행이 되면서 의아한 생각이 든다.

이번에는 실험체가 다른 이로 바뀌었는데, 오전보다 더욱 생소한 느낌이 들었다. 겉모양은 사람인데 그런 생각이 전혀 들지 않았기 때문이다.

'절대 인간 같지가 않아. 이건 마치…….'

살아 있는 것이 분명하기는 하지만 사람 같지가 않았다. 마치 인형처럼 인식을 하지 못하고 그저 누워만 있는 것을 보니 회귀 전의 일이 생각이 났다.

'러시아에서 그랬던 것처럼 저기 누워 있는 자가 클론이라도 되는 건가?'

러시아에서 생체 실험을 당하면서 이런 이질감이 드는 실험체를 몇 번 본 적이 있다.

인간 같지만 인형처럼 보이는 존재들.

바로 클론이었다.

클론을 벌써 만들어낼 수 있다는 말인가.

러시아에서도 인간과 완벽하게 같은 신체를 가진 클론이 만들어진 것은 앞으로 5년 뒤다.

그런데 이곳 만수연구소에서는 벌써 만들어져 실험에 쓰이고 있다니 놀랍지 않을 수 없었다.

'의학 기술 수준도 그렇고 클론은 절대 이 시기에 나타날 수 없는 존재다.'

정말이지 있을 수 없는 기술이 등장했다. 러시아나 미국에서도 빨라야 5년 뒤나 완성될 기술이 나타나다니 말이다.

'아버지도 클론에 대해서는 모르시는 것 같았다. 우리를 교육하기 위한 목적이기는 하지만 실험으로 인해 상당한 고뇌를 안고 계시는 것 같았으니 말이야. 으음, 그렇다면 저기 누워 있는 클론은 다른 루트를 통해 공급이 되는 것 같은데… 최고 지도자라는 놈이 뭔가 감추고 있는 것이 분명하다.'

최고 지도자가 비밀이 많다는 것은 알고 있지만, 이 정도일 줄은 정말 몰랐다. 클론을 실험체로 제공할 정도라니 말이다.

'이 정도 수준의 클론이라면 이계의 존재들과 손을 잡은 것이 분명하다. 그렇지 않으면 절대 나올 수 없는 수준이니까.'

클론이 등장한 것으로 하나의 사실을 추측할 수 있다.

이곳에 없는 기술이라면 답은 하나뿐이다. 최고 지도자는 이계의 존재들과 연계한 것이 분명하다.

'최고 지도자라는 놈이 손을 잡은 것은 네크로맨시일 가능성이 제일 높다. 그들이 아니면 이런 종류의 클론을 만들어 낼 수 없으니 말이다. 네크로맨시라……'

보면 볼수록 연미가 실습하고 있는 클론은 거의 완벽에 가까운 것이다.

현재 의학 수준을 감안할 때 생명과 죽음의 진실을 연구 목표로 삼는 네크로맨시가 아니면 만들 수 없는 존재다.

'도대체 어떤 존재들이 저런 클론을 만들어낼 수 있는지 모르겠군. 아무래도 최고 지도자라는 놈을 더 살펴봐야 할 것 같다. 그리고 놈의 주변을 맴도는 존재의 정체가 뭔지도 파악해야 한다. 러시아에서 보낸 것은 확실하지만 그 이외에도 뭔가 더 있을 것 같으니까 말이야.'

이제는 단순히 복수를 해야 할 대상이 아니다. 변수가 될 가능성이 높으니 최고 지도자도 그렇고, 놈의 주변에 자리 잡고 있는 존재의 비밀을 먼저 알아내야 할 것 같다.

최고 지도자에 대한 생각을 끝내고 실험에 집중했다.

연미의 실습 과정이 아니라 수술대에 누워있는 실험체에 대한 집중이다.

실험체의 모습을 보고 있자니 아련한 정보들이 선명하게 떠오른다.

'재미있군.'

도서관에서 하탄을 통해 얻은 정보들 중 일부분이었는데 상당히 흥미로웠다.

'하탄도 네크로맨시에 대해 상당한 연구를 한 모양이군.'

마나 마스터인 하탄이 남긴 정보는 그 자신뿐 아니라 다른 여섯 마나 마스터의 것도 있었다.

하탄이 남긴 것 중에 뇌리에 떠오른 것은 생명과 죽음에 관한 연구들이었다.

대부분 마법이나 연금술에 대한 비중이 컸는데 하탄만은 달랐다. 하탄이 남긴 정보 중 30퍼센트 정도가 시간에 관한 것이었고, 생명과 죽음에 관한 것도 비슷했다.

'마나 마스터임에도 마법과 연금술의 비중이 상대적으로 적을 만큼 많은 연구를 남겼군. 하긴, 자신의 욕심을 채우기 위해 다른 방법을 택하기는 했지만 그 또한 마나 마스터의 본분을 완전히 저버리지는 못했기에 남긴 것일 테지.'

자신으로 인해 오랜 세월 준비한 것들이 실패한다면 모든 것이 원점으로 돌아갔을 일이다.

하탄의 심정이 이해가 갔다. 본분을 완전히 잊은 것이 아니었다.

욕심을 부리기 이전부터 준비를 했고, 실패한 이후에도 상당한 시간 동안 다른 방법을 찾기 위해 고심한 결과물일 것이다.

'그나저나 네크로맨시에 대해 이렇게 많은 정보를 남긴 것이

고마울 지경이군. 지금 나로서는 제일 필요한 정보니 말이다.'

인체와 의학에 대해 배우는 일이었기에 정신을 집중해 정보를 살폈다.

뇌리에 떠오른 정보들은 인간에 대한 것이다. 인간의 삶과 죽음에 관한 마법이다.

정보들을 자세하게 살펴보고 상당히 놀랐다.

마나 마스터가 남겼다는 것을 증명하기라도 하는 것 같다. 일반적으로 알려진 네크로맨시보다 더욱 심오하고 정교했다.

'하탄은 다른 마나 마스터가 남긴 정보도 참고해 네크로맨시의 연구 성과를 몇 단계 끌어올린 것이 분명했다. 그렇지 않으면 이런 것이 나올 리 없다.'

마나나 에테르라 불리는 특이 에너지를 사용해 만들어진 네크로맨시 마법은 경이로울 정도였다.

죽은 사체에 남겨진 영혼의 파편을 이용해 에고를 만들어 내는 것은 아무것도 아니다.

에고를 이용해 죽은 이를 완벽한 상태로 부활까지 시키니 말이다.

비록 영혼이 없어 만들어진 에고에 따라 움직이는 로봇에 불과할 뿐이지만 육체적으로는 완전히 부활한 것이나 다름없다.

에고가 사라지거나 소멸되기 전까지는 신체가 유기적으로 활동하니 말이다.

더군다나 일반적인 사람이라도 에고가 만들어져 부활할 경우 특별한 이능을 발휘할 수도 있으니 입이 다물어지지 않는다.

　스스로의 자아만 확립할 수 있다면 그 자체만으로도 생명 창조와 비견되는 완벽한 부활이었다.

제8장

네크로맨시 마법은 죽은 이를 부활시킨 것이나 마찬가지로 만들 수 있다.

그러니 눈앞에 보이는 클론은 정말 아무것도 아니다.

에고를 생성할 수 있으니 인공 생명체라는 호문쿨루스도 어렵지 않게 만들 수 있는 것이 바로 네크로맨시니까 말이다.

'정말 경이로울 정도다. 의학적인 부분만 떼어내면 학문적으로도 완벽에 가깝다. 하탄이 연구한 수준이면 세상의 모든 병을 정복할 수 있을 테니 말이다. 죽은 사체를 이용하기에 사령술로 불리는 네크로맨시가 이 정도 수준이라니. 절대 만만히 봐서는 안 되겠구나.'

죽음의 궁극을 연구한 네크로맨시는 지금까지 읽었던 지구의 의학 서적을 아득히 능가하는 최고 수준의 인체 정보를 담고 있었다.

인체만이 아니었다.

하탄이 남긴 네크로맨시는 생물체에 대한 정보를 대부분 담고 있었다.

인간과 동물뿐만 아니라 몬스터까지 살아 움직이는 모든 생물체에 대한 정보를 말이다.

'하탄이 남긴 것을 완벽히 익히기만 한다면 유기체인 생물을 완전히 종속시킬 수 있다. 영혼이나 의식은 모르겠지만 생체 조직을 제어하는 것은 아무것도 아니니 말이다.'

아주 위험하고 특별한 정보다.

'내가 익혀도 나쁠 것은 없다. 저 실험체를 보면 다른 자들도 네크로맨시를 사용하지 않는 것도 아닌 것 같으니 말이야.'

네크로맨시를 익히기로 했다.

'아!!'

마음을 먹는 순간, 시스템에 프로그램이 로딩이 되는 것처럼 네크로맨시가 의식 속에 자리 잡는다.

그것만이 아니다.

이곳으로 넘어온 후에도 내 몸에 남아 있었던 마나가 꿈틀거리며 변형을 시작했다.

심장과 피에 남아 있던 녹령도 변화를 일으켰다.

저쪽 세계에서 보았던 자들이 가지고 있는 마나와 같으면서도 이질적인 마나가 몸속을 타고 흘렀다.

 '어둠의 마나라는 것인가? 이건 좀 어둡군.'

 위험하다고 생각을 하는 순간 몸 안을 흐르던 마나가 곧바로 다른 형태로 바뀌었다. 저쪽 세계에서 다른 이들이 가지고 있던 것과 같은 빛의 마나로 말이다.

 '쓸 수 있어야 하는데……. 으음, 또 바뀌는군.'

 네크로맨시를 할 수 있어야 하기에 이건 아니다 싶다는 생각이 들자 빛의 마나가 다시 어둠으로 바뀌었다.

 내 의지대로 에테르가 변환을 일으키고 있었던 것이다. 흥미로운 일이었다.

 여러 차례 변환을 시도해 봤는데 의지에 따라 찰나의 순간에 마나의 속성이 바뀌었다.

 '마나의 속성이 내 의지에 따라 전환이 되다니, 쓸모가 많겠군.'

 마나에 대한 범용성이 높아졌다.

 마나 마스터라 불리는 이들의 심득이 모여 만들어진 정보들이라 그런 모양이다.

 익숙해지기 위해서 몇 번이고 마나의 변화를 시도했다. 그러다가 남아 있는 녹령이 모두 마나로 전환이 되었다.

 내 안에 더 이상 녹령이 남아 있지 않다는 것을 분명히 느낄 수 있었다.

그렇지만 아쉬울 것은 없었다. 내 의지에 반응하고, 세상의 정보를 나와 연동해 공유한다는 것은 변함이 없으니 말이다.

'혹시?'

내가 가지고 있는 녹령의 에테르는 혼돈의 성질을 가지고 있었는데, 마나로 변환된 것도 같은 성질을 지니게 됐다.

그렇다면 에테르나 마나나 다를 것이 무엇이냐는 생각이 들었다.

'아!!'

변화가 있었다. 녹령과 마나가 다른 것도 아니다. 둘은 하나이면서 달랐는데, 내 의지에 따라 변환이 되고 있었다.

마나로 변환되었다가 에테르로 변환되었다가 음과 양처럼, 어둠과 밝음처럼 양극의 사이를 내 의지에 따라 자유로이 오갔다.

'이제야 온전히 내 것이 된 느낌이다.'

모든 것이 내 의지에 따라 반응하고 변화하는 것을 느끼면서, 몸 안에 흐르고 있는 에너지가 완전히 내 통제에 따른다는 것을 알 수 있었다.

'어떤 속성이든지 내 의지대로 변환이 가능하다. 그렇다면 호문쿨루스를 만들어야겠다.'

인간의 시체를 이용해 뭔가를 한다는 것은 내 성미에 맞지 않는다.

그렇다면 방법은 하나뿐이다.

새로운 생명체를 만들어내면 된다.

네크로맨시의 극의 중 하나인 호문쿨루스를 만들어 보기로 했다.

'게이트를 넘어가는 순간 시간의 괴리가 발생하는 것도 그렇고, 이제부턴 나 혼자로는 무리니 호문쿨루스가 적당하다. 마침 필요한 시설들과 재료들은 이곳에 다 있으니 한 번 시도를 해보자.'

하탄이 남긴 정보를 이용해 호문쿨루스라는 인터페이스를 만들 생각이다.

에고를 통해 스스로 생각하고 움직이는 내 분신 같은 인터페이스를 말이다.

호문쿨루스의 에고는 무구나 아이템에 깃들어 있는 것과는 조금 다른 것이다.

스스로가 욕구에 의해 학습하고 성장까지 하는 존재이니 말이다.

"차훈아, 뭘 그렇게 생각을 하는 거니?"

잠시 한눈을 판 것을 알아차린 것인지 미영 아줌마가 한마디 한다.

"인간의 신체가 참 오묘하다는 생각이 들어서 잠시 생각을 좀 했어요."

"오묘하다니, 무엇이 말이니?"

"세포부터, 장기, 뼈에 이르기까지 하나하나 살펴보면 정말

어마어마한 시스템이 아닐 수 없는 것 같아요."

미영 아줌마의 얼굴이 굳어진다. 내가 한 말의 뜻을 어느 정도 이해한 모양이다.

'마음이 여리신 것 같은데 아무렇지 않게 실습을 진행하시는 것을 보면 어느 정도 알고 계신 것이 틀림없어 보인다.'

미영 아줌마도 수술대에 오른 사람이 정상이 아니라는 것을 알고 있는 모양이다.

그렇지 않으면 저런 여리신 분이 이런 무지막지한 실험을 할 리 없으니 말이다.

"그래, 시스템적으로 따지자면 진짜 신이 존재할지도 모른다는 생각을 가질 정도로 인간은 극도로 정교하고 위대한 시스템이기는 하지."

"창조와 유지, 소멸을 유기적으로 지속하는 것도 그렇고, 기계공학적으로 봐도 인간은 더할 나위 없는 훌륭한 시스템이라고 할 수 있지요."

마음을 추스른 미영 아줌마의 말에 연미가 추가로 보탰다.

"연미야, 너도 그렇게 생각하는구나?"

"그럼요. 인간의 신체적 메커니즘을 인공적으로 구현해 낼 수 있다면 아마도 그 사람은 신으로 불려도 될 거에요. 영혼이라는 문제는 별개지만 말이죠."

"그렇기는 하지. 영혼의 문제는 과학으로도 설명이 잘 되지 않는 영역이니까. 하지만 인간은 영혼이 있기에 오롯이 존재할 수 있다고 봐야 한다. 그렇지 않으면 그건 인간이 아니라 유기물에 불과할 뿐이지."

스스로에게 위로를 하듯 미영 아줌마가 말했다.

"맞아요, 아줌마. 윤리적으로는 어떨지 몰라도 그건 인간이 아니라 유기물에 불과해요. 설사 그것이 인간의 모습과 완전히 같다고 해도 말이죠."

아줌마의 말에 내 의견을 말씀드렸다.

'다행이다.'

약간은 경직되어 보이던 눈빛이 안정을 되찾았다. 내가 하는 말뜻을 완벽하게 이해하신 것 같다.

"그래, 차훈이 네 말이 맞다. 그리고 오늘은 이만 하도록 하자. 앞으로도 계속해야 하는 일이니까. 사실 너무 진도가 나갔다. 여기서 더 나가면 질릴 수도 있을 테니까."

"알았어요."

"예, 아줌마."

얼마나 집중을 했는지 벌써 상당한 시간이 지났다.

쉬지 않고 공부를 한다고 해서 능률이 오르는 것은 아니기에 아줌마 말을 따르기로 했다.

곧바로 엘리베이터를 탔다.

저녁을 먹을 시간이 약간 지나 있어 지하 연구소에서 나오자마자 식당으로 향했다.

배가 고픈지 인상을 찡그리는 연미 때문이다.

엘리베이터를 타고 상층부로 올라간 후 식당에 도착할 때까지 연미는 툴툴거리는 것을 멈추지 않았다.

하지만 식당에 들어서는 순간, 더할 나위 없이 행복한 표정을 지어 보이는 연미다.

"믿을 수 없을 정도로 순식간이구나."

먹기 위해 산다는 인간도 있기는 하지만, 여자는 참으로 변화무쌍하다는 생각이 들었다.

"히히! 뷔페식이네."

여러 가지 요리들이 식당을 둘러 차려져 있는 것을 본 연미가 쪼르르 달려가 접시를 집어 들었다.

"차훈아, 어서 와. 여기 맛있는 것이 많아."

"알았다."

화낼지도 모르기에 발걸음을 빨리 해 접시를 들고는 연미 뒤에 섰다. 식당을 이용하는 호위총국의 장교들도 있었기에 연미는 차례를 기다려 요리를 담기 시작했다.

첫 번째 요리를 접시에 가득 담은 후 식탁에 가져다 놓은 연미는 다시 접시를 들고는 다음 요리를 가득 담았다.

"요리 종류가 많아. 그렇게 먹다가는 다 맛보지 못할 걸?"

"걱정하지 마. 다 먹을 수 있으니까."

"아, 알았다."

눈을 부라리는 연미의 말에 대꾸를 제대로 할 수 없었다. 나를 바라보는 연미의 눈에 적의가 가득했으니 말이다.

연미가 그러거나 말거나 잊어버리고 내가 좋아하는 것을 몇 가지 담아서 식탁으로 갔다.

연미는 두 번째 요리를 담은 접시를 식탁에 가져다 둔 뒤에도 세 번이나 더 그랬다.

다섯 접시를 가져온 후에야 먹기 시작했는데, 가관도 아니다.

내가 반도 채 먹기 전에 연미는 가져온 요리들을 전부 다 먹었다.

그러고는 또다시 다른 요리들이 담긴 접시들을 식탁에 가져다 놓고 그것들마저 다 먹어 치웠다.

가히 가공할 식욕이었다.

'이십 인분이 넘는 양인데 배도 거의 나오지 않다니……'

일어날 때 보니 배가 약간 도톰하다. 하지만 식당으로 오기 전이나 마찬가지인 모습이다.

내 눈길이 자신의 배에 미친 것을 알아차린 모양인지 연미의 얼굴이 붉어진다.

"어, 어딜 보는 거니?"

"참 대단하다 싶어서."

"흥! 우리 엄마가 있을 때 잘 먹어 두랬어. 먹는 게 남는 거니까 말이야."

"알았다. 먹는 게 남는 거지."

수용소에 있을 때 인간이라면 먹을 수 없는 것으로 연명한 나다. 굶주림이라면 이가 갈릴 정도로 겪어도 봤고.

연미 말대로 먹는 게 남는 게 맞다.

"방에 가서 공부할 거니?"

"그래야겠지. 아직 모르는 것이 상당히 많으니까 말이야."

연미의 물음에 거짓말을 해야 했다. 머리를 간질이는 느낌 때문이다.

아무래도 다시 게이트 너머의 세상으로 가야 할 것 같았다.

그래서 한마디 덧붙였다.

"방해는 하지 말아줘. 너에게 지고 싶은 생각은 없으니까 말이야."

"흥!!"

연미가 콧방귀를 뀌며 식당을 나선다. 삐친 것 같은데 위로해 줄 여유가 없다.

간질이는 느낌이 점점 강해지고 있어서다.

서둘러 엘리베이터를 타고 방으로 갔다. 연미가 들어가는 모습을 보고 나도 방으로 들어간 뒤 문을 잠갔다.

혹시라도 누가 들어올지도 몰라 씻지도 않고 침대에 누웠다.

누가 강제로 문을 열고 들어온다고 하더라도 잠이 든 것으로 보이기 위해서다.

싸한 느낌이다. 게이트를 넘어갈 시간이다.

눈앞이 환한 빛으로 휩싸인다.

어디론가 빨려 들어가는 느낌이 들기가 무섭게 주변의 모습이 바뀐 것이 인식된다.

다시 게이트를 넘어 다른 세상으로 온 것이다.

스르르르……

현실로 돌아오기 전에 내게 마나를 전해 주었던 책이 부서지 듯 사라지는 것이 보인다.

시간은 채 몇 분이 지나지 않은 것 같다.

— 내가 얼마나 자리를 비운 것이냐?

— 마스터의 의지가 느껴지지 않았던 시간은 10초가 채 되지 않습니다.

— 그랬군.

— 마스터의 의지가 완전히 사라지다니 정말 놀라운 일입니다.

하탄이 만든 에고인 젠이 호기심이 도는 모양이다. 둘러서 물어보는 것을 보면 말이다.

— 종종 이런 일이 있을 테니 경호를 부탁한다.

— 알겠습니다. 마스터.

밝히고 싶지 않다는 것을 깨달은 듯 젠이 호기심을 접었다.

'감정과 비슷한 것을 지닌 것을 보면 젠은 최고 수준의 에고다. 젠 정도의 에고라면 호문쿨루스의 성능도 최고일 텐데……'

내가 젠가이드라고 이름을 붙인 에고에 대해 궁금해졌다.

호문쿨루스를 만들려고 하는 나로서는 젠을 관찰하는 것만큼 에고에 대한 정보를 얻을 곳은 없다.

앞서간 여섯 명의 마나 마스터가 가진 능력을 지니고 있던 하탄이 심혈을 기울여 만든 것이라 배울 점이 있어서다.

'그나저나 젠이 지구에 갈 수 없어 아쉽군. 갈 수만 있다면 많은 도움이 될 텐데……'

게이트를 넘어 다른 세상으로 간 이면 조직들은 많은 것을 챙겨서 지구로 온다.

몬스터를 죽이고서 얻은 마정석이나 지하자원들이 그것이다.

그런데 나는 어찌 된 일인지 그럴 수가 없다.

이곳으로 넘어온 내가 진짜 나인지도 알 수 없으니 무엇인가를 가지고 간다는 것은 생각할 수도 없다.

다행인 것은 이곳에서 얻은 마나라는 것을 지구에 있는 내가 온전히 얻었다는 사실이다.

연구를 한다면 이곳의 것들을 가지고 갈 수 있게 될지도 몰랐다.

'아직까지 시스템을 완전히 이해할 수 없지만 의식을 잃지 않는 것을 보아 조만간 알아낼 수 있을 것이다.'

지구와 연결될 수만 있다면 많은 것이 달라질 것이다. 내가 원한 방향 이상으로 말이다.

'그나저나 마나의 파동을 알아차린 모양이군.'

이 세계와 지구와의 연결에 대해 생각을 끝내기가 무섭게 멀리서 여러 사람이 내 방으로 다가오는 것이 느껴진다.

책에 담겨 있던 마나가 나에게로 흡수되면서 뜻하지 않게 일어난 마나 파동 때문인 것 같다.

이곳에 도착하자마자 기감을 퍼트려 감시를 하는 것을 잊지 않고 있었다.

차원을 넘자마자 하탄 지방의 중요한 연결 고리인 하르탄 마탑주와 하가로스 백작이 어디론가 움직였다. 마법으로 도배가 되어 내 기감으로도 뚫지 못하는 곳이었다.

그러더니 이제 이곳으로 오고 있다. 하도르와 베라한이라는 자신들의 심복들을 데리고서.

똑! 똑!

"들어오십시오."

"실례하겠습니다."

노크를 하고 방으로 들어온 것은 탱크 일행이었다.

기감을 열고 감시를 게을리 하지 않았는지 사람들이 움직인 것을 느낀 모양이다. 고작 에테르를 저장하고 유지하는 법을 알려준 것뿐인데도 성장하는 속도가 무섭다.

"괜찮으신 겁니까?"

"별다른 일은 없다. 손님이 오시고 있는 것 같은데 차 좀 부탁한다."

차를 잘 탈지는 모르겠지만 손님들이 오시는데 그냥 맞을 수는 없어 차를 부탁했다.

"알겠습니다."

방 한쪽에 만들어진 간이 응접실로 바로 간 것은 유리안이었다. 다른 두 사람은 내 뒤 쪽으로 와서 경계를 하기 시작했다.

손님이 온다는 내 말에도 불구하고 위험하다고 생각한 모양이었다.

'십 년이 아니라 평생을 함께 했으면 좋겠군.'

내 제의를 승낙하자마자 태도가 완전히 바뀐 것은 물론이고, 하는 행동도 최선을 다하고 있다.

도서관에서도 상대가 되지 않는 것을 알면서도 기사들을 상대한 것이 탱크 일행과 같이 하는 시간을 한정 짓고 싶지 않아졌다.

'그렇지만 저들이 원하는 것은 자유일 테니 내 욕심만 차려서는 안 되겠지.'

계약을 할 때는 묶어 놓을 마음이 강했지만 지금은 아니다.

이 세계의 힘인 마나를 손에 넣고, 내가 가진 에테르와 완벽하게 호환되는 것을 확인한 다음이었기 때문이다.

계획한 것 이상으로 힘을 얻었고, 나 또한 내 의지에 반해 다른 이에게 구속된 적이 있어서 굳이 탱크 일행을 제약하고 싶지 않았다.

"손님은 네 분이니 여덟 잔을 타면 될 겁니다."

하대를 하다 존대를 하니 유리안의 눈이 커졌다. 탱크와 제레미도 마찬가지인 것 같다.

탐색자를 오래 해서인지 눈치가 정말 빠르다.

내가 심경의 변화를 일으켰다는 것을 알아차린 세 사람의 행동이 더욱 조심스러워졌다.

얼마 지나지 않아 네 사람이 내 방으로 찾아왔다. 느낀 대로 하탄 영주와 베라한, 하르탄 마탑주와 하도르였다.

"무슨 일이십니까?"

"방금 전에 차원 에너지가 포착이 돼서 이렇게 왔습니다."

오는 동안 이미 의논을 한 듯 베라한이 먼저 말을 꺼냈다.

"그렇습니까? 제가 젠을 움직여서 그런가 봅니다."

"젠이 무엇입니까?"

준비된 내 대답에 하르탄 마탑주가 물었다.

"에고입니다. 초대 마탑주이신 하탄 님께서 남기신."

"하, 하탄 님께서 에고를 남기신 겁니까?"

질문을 하는 하르탄 마탑주의 음색이 심상치 않다.

"그렇습니다. 아주 특별한 에고라 여러 가지 방면으로 쓸모가 아주 많습니다."

"그랬군요."

하르탄 마탑주가 이해를 한 듯 고개를 끄덕인다. 내가 젠에 대해 이야기하고 싶지 않다는 것을 알아챈 것이다.

그렇지만 하가로스는 그렇지 않은 모양이다.

"그럼 젠을 사용할 때마다 차원 에너지가 움직이는 건가?"

"그렇기는 합니다만?"

"곤란하게 됐군."

"곤란하시다니 무슨 말씀입니까?"

"제국에서는 차원 에너지를 식별하는 새로운 감지기가 운용되고 있네. 아주 미세한 양이라도 감지를 하지. 그 때문에 문제가 생겼네."

"문제라고 하시면?"

"베토스 대공이 일정을 앞당겨 당장 내일 이곳으로 온다고 하네. 마나 폭풍이 분 지 얼마 되지 않아 공간 좌표가 흔들리고 있는 데도 불구하고 말이네."

"그럼 만나보면 되지 그게 무슨 문제입니까?"

"자네에게 전해 줄 것이 있는데 그러지 못할 것 같아서 그러는 것이네."

"제게 전해 줄 것이 무엇입니까?"

"파티고 뭐고, 나에게 시간을 내줄 수 있겠나?"

다급해 보이는 하가로스 백작의 말에서 진심을 읽을 수 있었다. 그는 내게 해가 될 일을 할 자가 아니었다.

"그렇게 하도록 하지요."

"그럼 날 따라오게."

"알겠습니다."

내가 승낙을 하자 하가로스 백작이 자리에서 일어났다. 나도 그의 뒤를 따라 가려고 일어서자, 탱크 일행이 움직였다.

"당신들은 여기 있는 것이 좋을 것 같습니다."

"그래도……."

내가 제지를 하자 탱크가 염려스러운 듯 말끝을 흐렸다.

"걱정하고 있는 일은 벌어지지 않을 테니 저분들과 이곳에 있으면 됩니다. 그리 오래 걸리지도 않을 테니 말입니다."

"알겠습니다."

탱크의 대답을 들은 후 베라한과 방을 빠져나가는 하가로스의 뒤를 따라갔다.

하가로스가 간 곳은 기사들의 연무장이었다. 어찌된 일인지 많은 수의 기사들이 연무장에 운집해 있었다.

위험스러운 일이지만 그들은 나에게 적의가 있는 것이 아니었다.

무엇인가로부터 연무장을 지키려는 듯 마나를 끌어올린 채 사방을 감시하고 있었다.

연무장으로 들어서자 하가로스가 안내한 곳은 지하였다.

하가로스가 연무장 바닥에 손바닥을 대고 기운을 주입하자, 지하로 내려가는 입구가 나타난 것이다.

하가로스 백작은 지하로 내려가는 입구에 베라한을 남겨 두고는 나 혼자만 데리고 지하로 내려갔다.

'으음.'

지하로 내려갈수록 익숙한 기운이 느껴진다.

처음 게이트를 넘어 다른 세상에서도 느낀 것이고, 매영의 본 거지에서도 느꼈던 특별한 기운이었다.

대략 100여 미터 지하로 내려왔을 때, 횃불의 불빛을 받아 기이하게 일렁거리는 커다란 문을 발견할 수 있었다.

'저건 지하 호수에서 봤었던 게이트와 유사한 문이다.'

처음으로 얻었던 스팟이고, 처음으로 열었던 게이트다. 절대 뇌리에서 떨어지지 않는 기억이기에 장담할 수 있다.

내가 연 게이트와 단 하나만 다른 문양을 가지고 있는 것이 저 문임을 말이다.

'게이트를 비밀리에 봉인하고 있었던 건가?'

지하로 내려오는 동안 수많은 마법적 장치와 주술적인 힘이 지하를 가리고 있다는 것을 알 수 있었다.

내 기감으로도 흔적을 거의 찾을 수 없을 정도로 아주 은밀했다.

'기사들이 24시간 동안 빈틈없이 교대로 마나를 이용한 수련을 하고 있는 것도 저 문을 감추고 있는 힘들을 들키지 않기 위해서였군. 들키는 순간 저 문의 존재가 드러날 테니까. 베토스라는 자가 온다는 것에 다급해진 것은 아마도 저 문을 들킬 가능성이 높기 때문일 것이다. 나도 지하로 내려오기 전에 희미하게 느낄 수 있었는데 브리턴 제국의 최고 마법사라면 알아차리기 십상이니 말이다.'

하가로스 백작이 서두르는 이유를 알 수 있을 것 같다.

파티를 개최하며 내게 제안을 하려고 했던 것도 저 문과 관련이 있을 것이 분명했다.

"아주 오랜 옛날 하탄은 원래 제국이었네. 그러던 어느 날 놀

라운 힘을 가진 이들에 의해 제국은 소리도 없이 사라졌고, 그
들에 의해 또 다른 제국이 생겼지."

"새로운 제국이라고 하면 브리턴 제국이겠군요?"

"그렇네. 브리턴인이 이 세상에 나타나기 전에는 몬스터라는
것은 우리 세계에는 존재하지도 않았네. 삼천 년 전, 그들은 몬
스터와 함께 나타났고, 놀라운 힘으로 이 세계를 장악했네. 우
리 세계의 마법으로는 상대할 수 없는 고위급 마법으로 무장한
마법사들이 몬스터를 마음대로 부리는 것은 물론이고, 우리가
보유한 기사들을 능가하는 기사들을 보유하고 있었지. 그 절대
적인 무력 앞에 하탄 제국은 사라지고 말았다네."

"으음."

"모두가 마나 마스터이자 깨달은 자인 하탄이 계시지 않았기
에 발생한 일이었네."

"하르탄 마탑주에게 하탄에 대해 들어서 대단한 분이신 것을
알고 있지만, 계시지 않는다고 해서 그런 일이 발생했다니 믿어
지지 않는군요."

"아마도 자네는 스카이 드릴을 얻었을 것이네. 하지만 하탄
님이 남긴 안배는 그것뿐만이 아니네."

하가로스 백작은 하탄의 안배를 알고 있었다.

이런 말을 하는 것을 보면 그는 하탄이 남긴 또 다른 안배를
알고 있는 것이 분명했다.

"하탄 님께서는 제국이 무너질 것이라는 것을 이미 알고 있

었네. 그리고 그 이유가 자신 때문이라는 것 또한 알고 있으셨지."

"하탄 제국이 힘없이 무너진 이유가 하탄 님 자신 때문이라는 말입니까?"

"그렇네, 하탄 님은 마나 마스터에 오르신 후 모종의 계획을 실행하셨네. 그 계획은 실패를 했고, 많이 자책을 하셨지. 마음을 가다듬고 실패한 이유를 찾으셨던 하탄 님은 당신의 계획에 누군가의 의지가 개입했다는 것을 깨달으셨네."

젠을 얻을 때 얻은 정보대로라면 하탄이 사용한 방법에 누군가 끼어들어서 틀어졌다는 것이다.

명색이 마나 마스터다. 초월자에 가까운 존재가 계획한 일을 비틀 수 있는 존재가 있을 지 의문이었다.

"하탄 님의 계획하신 일에 다른 존재의 의지가 끼어들었다는 것입니까?"

중요한 일이었기에 묻지 않을 수 없었다. 마나 마스터인 하탄도 알아차리지 못할 정도로 손을 썼다면 초월자들밖에는 없기 때문이다.

"그렇다네. 하지만 그것이 정확하게 누구인지는 하탄 님도 끝내 밝혀내시지 못했네. 누가 개입한 것인지는 모르지만 자신이 실행하신 일 때문에 이 세계가 변하게 될 것이라는 것을 깨달으신 하탄 님은 최후의 힘을 모아 한 가지 안배를 남기셨네. 바로 자네가 보고 있는 저 문 안에 하탄 님이 준비하신 최후의 안배가 남아 있네."

하탄이라는 존재가 사라진 후 차원의 벽이 무너진 것이 분명했다.

그러자 다른 곳의 존재가 이곳으로 와서 이곳을 지배하는 제국을 무너트리고 자신들만의 제국을 건국한 것이 분명했다.

"어서 들어가게. 그리고 하탄 님이 남기신 안배를 얻게. 대공이 오기 전에 말이네."

"으음, 알겠습니다."

하탄이 계획한 일에 누군가의 의지가 개입되어 있다면 나에게 남겨진 안배 또한 알고 있을 확률이 컸다.

하탄이 남긴 또 다른 안배가 무엇인지 궁금해졌다. 내가 얻은 안배가 무용지물이 되지 않으려면 말이다.

"우리는 밖으로 나갈 걸세. 그리고 자네가 저 문에서 나올 때까지 이곳은 폐쇄가 될 걸세. 남아 있는 사람들에게 전할 말은 없는가?"

"저를 호위하는 이들에게 좌표를 찾을지도 모른다고 전해 주십시오. 그리고 내가 올 때까지 차분히 기다리고 있으라는 말도 같이 전해 주십시오."

탱크 일행이 나 때문에 함부로 움직일지도 모르기에 하가로스 백작에게 말을 전했다.

"알았네."

하가로스 백작이 발걸음을 돌려 계단을 타고 위로 올라갔다.

그가 올라가는 만큼 공간이 차단되기 시작했다.

해제해 놓았던 마법과 주술의 결계는 물론이고, 물리적으로 만들어진 기관들도 다시 가동되기 시작했다.

제9장

9

나를 가두기 위한 것일 수도 있지만 눈앞의 문을 보니 절대로 아니다.

의미를 알기 어렵기는 하지만 문 안에 있는 어떤 것이 나를 간절히 부르고 있으니 말이다.

― 젠, 어떻게 생각해?

― 제가 저 문을 열 수 있을지 말입니까?

― 그래, 네 의지가 담긴 아이템의 원래 이름이 스카이 드릴 이다. 나는 그 이름이 저 문과 연관이 있을 것이라고 생각하는데 말이야.

― 그렇군요. 저를 만드신 창조주께서 아이템에 그런 이름을

붙이셨다면 말이죠.

역시나 인과율 시스템의 정보를 담고 있는 녀석이라 금방 알아듣는다.

아버지의 비밀 서고에서 얻은 천곤도 스카이 드릴과 비슷한 뜻을 지니고 있다.

둘 다 하늘을 뚫는다는 뜻을 가진 이름이니 말이다.

― 한 번 시도해 보겠습니다. 저에게 마나를 주입해 주십시오. 마스터.

내가 이 세계에서 얻은 마나는 이미 내 몸에 완전히 체화되었다.

녹령과 일체화된 마나가 어떤 식으로 작용할지는 모르지만 의지를 일으켰다.

내 몸 안에 담긴 힘 전부를 마나로 변환시킨 후 젠에게 주입했다.

오옴~!

진언과 같은 공명음이 젠으로부터 흘러나왔다. 내 팔목에 젠이 뚜렷한 모습으로 나타났다.

'으음.'

팔목에 나타난 문양은 스카이 드릴만이 아니었다.

아버지의 비밀 서고에서 흡수되었던 천곤도 같이 나타났다. 스카이 드릴과 완벽하게 대칭이 되는 문양의 형태로 말이다.

스카이 드릴은 백색으로, 천곤은 흑색으로 색깔까지 완전히 대비가 되는 모습이었다.

변화가 일자 문 안쪽이 투명하게 변하기 시작한다. 예상대로 하탄이 남긴 최후의 안배는 게이트를 통과해야 얻는 것이었다.

어떤 세상일지는 모르지만 또다시 다른 세상으로 가게 되는 것이다.

투명하게 변한 곳이 이번에는 선명한 보라색의 빛을 띠기 시작했다.

번쩍!

보라색 섬광이 모든 것을 삼켰다가 가라앉았다. 주변에 변한 것은 아무 것도 없었다.

눈앞의 게이트도 그대로고, 하탄이 남긴 결계들과 기관들도 그대로다.

섬광이 일고 사라지는 것까지 나는 그 자리에서서 모든 것을 인식했다.

"후후후, 그런 건가?"

나는 이곳에 있었지만, 새로운 세계를 다녀왔다.

이곳에서는 찰나에 불과했지만, 새로운 세계에서는 장장 3년이나 되는 시간 동안 세월을 보냈다.

'재미있군. 새로운 세계가 아니라 자신의 의식을 세계화시키다니… 확실히 마나 마스터라는 것은 대단한 존재다.'

하탄이 만든 게이트는 새로운 세계로 넘어가는 것이 아니다. 내가 넘어갔던 곳은 하탄이 만든 의식 세계였다.

그와 이전부터 존재했던 마나 마스터들의 집합 의식으로 만든 의식 세계가 바로 내가 다녀온 곳이다.

그곳에서 하탄이 남긴 진짜 최후의 안배가 내게 전해졌다.

시스템에 접속할 때는 과부하로 인해 얻을 수 없던 것들을 얻을 수 있었다.

변한 것이 없는 것으로 보이지만 그로 인해 엄청난 변화가 일어났다.

그 변화는 내 내부에서 일어났다.

정보들을 얻고, 하탄의 빛을 얻은 것이 하탄을 비롯한 일곱 명의 마나 마스터가 가진 전부라고 생각했는데 아니었다. 이들이 후대를 위해 남긴 집합 의식이 진짜였던 것이다.

원래는 따로 익혀야 사용할 수 있던 것들이었는데, 이제는 바로 사용하는 것이 가능하다.

그렇지만 불안정한 것도 있어서 내가 얻은 것들을 최대한 활용하려면 아직까지 젠의 도움이 필요하기는 하다.

— *젠, 내가 얻은 정보들을 넘길 테니 최대한 수용하도록 노력해라.*

— *예, 마스터.*

집합 의식 세계에서 얻은 것들을 젠에게 전했다. 엄청난 용량이지만 전부를 무리 없이 젠에게 전할 수 있었다.

젠 혼자서는 불가능했겠지만, 보조기억장치 역할을 해줄 수 있는 천곤이 있어 가능한 일이었다.

─젠, 어때?

정보를 건네는 것이 끝난 후, 젠에게 물었다.

─정말 놀라운 정보들입니다. 이런 정보를 얻을 수 있다니 아주 흥미롭습니다.

─ 내가 직접 사용하기에는 아직 이르니 네가 잘 보좌해야 할 것이다.

─ 염려하지 마십시오. 마스터.

─ 젠, 일단 저 게이트를 수거할 수 있지?

─ 전해주신 정보대로라면 지금이라도 충분히 가능합니다. 마스터.

─ 그자가 오면 알아차릴 수도 있으니 지금 곧바로 수거해라.

─ 예, 마스터.

젠에게 지시를 내리기가 무섭게 눈앞에 게이트가 서서히 사라진다.

집합 의식이 만들어낸 세계와 연결이 되기도 하지만, 지구와도 연결된 게이트가 말이다.

게이트가 사라지자 지상부터 지하까지 설치되어 있던 결계들이 한순간에 사라진다.

이곳을 봉인하는 역할도 하지만 의식 세계를 유지하는 에너지를 모으기도 하는 결계들이었다.

물리적으로 만들어진 기관들이 남아 있지만, 밖으로 나가는 것은 문제가 되지 않을 것 같다.

이제 의지만으로 공간을 뛰어넘을 수 있으니 말이다.

― 젠, 황실에서 이미 이곳에 대해 알고 있을 가능성도 있으니 그럴듯한 것으로 뭔가 남겨 놔야 할 것 같은데 말이야.

― 무엇으로 남겨 놓을까요?

― 내가 얻은 정보 속에는 브리턴인이라면 절대 풀 수 없는 불가해한 것이 하나 있으니 그것을 남겨두면 될 것 같군.

― 알겠습니다. 그러면 마스터의 권능을 잠시 빌리도록 하겠습니다.

― 허락할 테니 그렇게 하도록 해. 젠.

― 예, 마스터.

젠의 지시가 떨어지자 게이트가 사라진 곳을 변화시키기 시작했다.

아니, 뭔가 새로 만들어냈다는 것이 맞을 것이다. 마름모꼴의 육면체 형태 금속 물체가 생겼으니 말이다.

― 이제 나가자. 좌표는 내가 머물렀던 방이다.

곧바로 연무장으로 가지 않고 내가 머물던 관저의 방으로 가는 이유는 누군가가 와 있었기 때문이다.

― 으음, 허점을 노린 건가? 급한 나머지 스스로 비밀을 드러내도록 말이야.

나를 보러 온 자다.

그런데 관저로 가지 않고 곧바로 이곳으로 왔다. 연무장 지하에 비밀이 있다는 것을 알고 있지 않으면 불가능한 일이다.

내일 온다고 전해 놓고 곧바로 들이닥친 것을 보면 대공도 뭔가 알고 있음이 분명했다.

— 마스터께서 말씀하신 대로일 확률이 98.5퍼센트입니다.

— 그렇겠지. 놈이 어떻게 나오든지 증거는 없으니까 어서 가자. 여기서 뭐가 나오지 않으면 관저로 들이닥칠 수도 있다. 서둘러라.

— 예, 마스터.

젠이 곧바로 좌표를 잡았다.

이곳에서 얻은 능력 중 하나를 사용할 시간이다. 권능이라 불려도 좋을 공간 지배의 능력이다.

공간을 도약하는 능력자는 상당히 많다.

문제는 좌표를 향한 방향을 따라 흔적이 남는다는 것인데, 내가 하려는 것은 그런 걱정을 할 필요가 없다.

내가 얻은 공간 지배 능력은 공간을 뛰어 넘더라도 출발점과 도착점을 제외하고는 그 어디에도 흔적이 남지 않는다.

그나마 남아 있는 흔적도 숨 한 번 쉴 시간이면 사라지고, 이동 방향에 아무런 흔적을 남기지 않는다.

그야말로 완벽하게 공간을 뛰어넘는 것이다.

아직 완전히 파악이 되지 않아 젠의 도움이 필요하기는 하지만, 얼마 안 있어 완벽하게 나의 능력이 될 터였다.

팟!

젠을 통해 좌표가 잡힘과 동시에 공간을 뛰어넘었다.

스팟!

공간을 열고 방 안에 도착하자 탱크 일행이 초조한 표정으로 기다리고 있었다.

아무도 없는 공간에서 내가 나타났음에도 세 사람은 알아차리지 못하고 있었다.

지구의 텔레포트 능력자와는 달리 아주 미세한 기운만 흘린 탓인 것 같다.

"누구냐?"

문 쪽을 응시하던 탱크가 반응을 보였고, 세 사람의 시선이 나에게 향했다.

"놀라지 마세요. 접니다."

"공간 이동을 해서 오신 모양입니다."

"이상이 있는 것 같아서 그렇게 했습니다."

"그렇군요. 다행입니다."

처음에 보여주었던 놀람과는 달리 탱크의 목소리는 매우 차분했다.

'하긴, 지구에는 텔레포트 능력자가 무척 많으니 놀라지 않을 만도 하지.'

나머지 두 사람도 아무런 내색을 하지 않는 것을 보면 이런 모습을 자주 보았던 모양이다.

"그런데 하르탄 마탑주와 하도르는 어디 갔습니까?"

"대공이라는 자가 왔다고 합니다."

"마탑주를 부른 것도 그렇고, 대공이란 자가 하가로스 백작을 만나고 있을 확률이 높겠군요."

"그런 것 같습니다."

자신들이 가진 기감으로 이미 확인을 했는지, 세 사람 모두 고개를 끄덕였다.

"마탑주가 대공과 함께 여기로 올지도 모르니 기다리고 계시라고 말씀하셨습니다. 샤인 님의 행방에 대해서는 철저히 함구하라는 부탁과 함께 말입니다."

"내가 어디 갔다가 온 것인지는 나중에 이야기를 해줄 테니 그자가 오면 궁금한 빛도 보이지 마십시오."

"알겠습니다."

"그리고 차가 식은 것 같으니 부탁을 드리겠습니다. 아마도 한 잔 더 타야 할 겁니다. 유리안."

"알겠습니다, 샤인 님."

얼마 지나지 않아 많은 일행이 관전에 있는 내 방으로 오고 있는 것을 느낄 수 있었다.

대공의 것으로 보이는 마나의 흐름이 굉장히 급격해지고 있었다.

'연무장 지하를 확인하고도 젠이 만들어 놓은 것 이외에는 아무것도 얻지 못했으니 그럴 만도 하겠지.'

들은 바대로 정리를 하면 대공은 이곳 수준에서 8서클의 현자다.

그는 9서클에 오르려는 열망이 무척이나 크다. 황위까지 저버릴 만큼 말이다.

그러나 9서클로 오르고도 남을 막대한 양의 마나를 가지고 있지만 그에게는 그 경지에 오르는 것이 불가능한 일이다.

9서클이라는 인간의 한계를 넘는 새로운 경지로 오르기 위해서는 세계를 인식할 수 있어야 하는데, 대공은 그럴 기회를 얻을 수가 없기 때문이다.

이것 또한 하탄 때문이다.

하탄은 이 세계를 조율하는 시스템에 접속하는 길을 완전히 막아놓았다. 내가 얻은 최후의 안배 때문이다. 비밀을 지키기 위해 시스템에 접속할 수 있는 길을 원천 봉쇄한 것이다.

황실의 막대한 지원으로 8서클의 현자가 된 대공으로서도 절대 해결되지가 않는 일이다.

시스템에 접속하는 길을 막은 봉쇄를 풀지 않는 한, 대공에게 9서클은 불가능의 영역인 것이다.

현자급이니 대공도 자신이 9서클에 오르지 못하는 이유를 느끼고 있을 것이다. 그렇지 않으면 하탄이 남긴 유진을 찾을 필요가 없으니 말이다.

아마도 대공은 지하에 있는 것이 하탄의 유진이라고 생각했을 것이다.

하탄이 남긴 유진을 통해 시스템에 접속할 수 있는 방법을 알아내야만 9서클에 이를 것이라고 생각했을 텐데, 아무것도 못

얻은 지금 화가 많이 났을 터였다.

쾅!

부서지듯 거칠게 문이 열렸다.

문을 거칠게 열고 들어온 주인공은 마법사 특유의 복장을 하고 있었다.

오만할 정도로 고압적인 태도로 볼 때 대공이 틀림없었다.

'후후후, 분을 이기지 못하는 모양이군.'

이글거리는 눈빛을 보니 짐작대로 화가 많이 나 있었다.

"네놈이 차원 에너지를 얻은 것이냐?"

"후후후, 예의가 참 없으신 분이군요."

다짜고짜 화난 목소리로 묻는 그의 질문에 삐딱하게 대답을 했다.

"뭣이라!!"

"예의가 없으신 분이라고 말씀을 드렸습니다만."

"놈이라고 해서 기분이 나쁜 것이냐? 내가 그럴 만한 신분이 된다만!"

"저 또한 그 누구에게도 그런 상스러운 말을 듣지 않을 신분은 됩니다만."

맞서는 태도에 기분이 많이 상한 것인지 대공의 눈에 핏기가 서린다.

"네놈이 진정 죽고 싶은 모양이로구나."

"대공 전하!"

대공이라는 자가 살기를 흘리자 하가로스 백작이 만류하고 나섰다.

다급해 보이는 모습과는 달리 그의 눈빛에는 안도감이 서려 있었다. 아마도 이곳에서 나를 보았기 때문일 터였다.

"후우~ 그래, 네놈의 신분이 어떻게 되느냐?"

분을 조금 가라앉혔는지 대공이 침착함을 되찾은 목소리로 묻는다.

"샤인 크리스. 크리스 가문의 당대 가주가 바로 나요."

"방금 크리스 가문의 가주라고 했느냐?"

"그렇소, 대공. 아니, 황실 마탑주."

"으음!"

비꼬듯 대답하는 내 말에 베토스 대공이 신음을 흘렸다.

"정말 크리스 가문의 가주라면 증명할 수 있는 것이 있을 터이니 내게 보여라. 그렇지 않으면 진정 죽음을 면치 못할 것이다."

내 말에 비위가 상한 모양이다. 대놓고 살기를 흘리는 것을 보니 말이다.

"후후후, 대공이라는 허울이 그리 좋은가 보오. 초대 황제의 유지도 무시할 만큼 말이오."

"무슨 말을 해도 소용이 없다. 네놈이 크리스 가문의 적자라면 당연히 신분을 증명할 것도 가지고 있을 터. 속이는 것이 없다면 어서 내놓아라, 어서!!"

번쩍!

대공이 말을 끝내기도 전에 품에서 신분패를 꺼내 던졌다.

텅!

무지개처럼 영롱한 광채를 흘리는 신분패가 대공이 펼친 실드에 가로막혀 허공에 멈춰 섰다.

"으음, 사실이었군."

신분패를 확인한 대공의 얼굴이 굳어졌다. 자신이 무슨 실수를 했는지 알게 된 것이다.

"죄송하게 됐소이다, 가주. 초대 황제 폐하와 함께 제국을 건국했던 공신가의 가주가 나타난 것이 천 년 전의 일이라 내가 실수를 했소이다."

"실수라, 후후후! 사과를 하니 이번에는 넘어가지만 주의하셔야 할 것이오, 대공!"

"크으, 알았소이다."

입술을 깨물며 대답을 하는 대공의 눈이 파르르 떨렸다.

울화가 치밀겠지만 더 이상은 반발하지 못할 것이다.

무시하지 못할 신분도 그렇지만, 신분패를 던질 때 대공의 실드를 흔들어 놨다.

비록 분야는 다르겠지만 자신에 비해 손색이 없는 실력을 지니고 있다는 것을 알았을 테니 분을 참으며 고개를 숙인 것이다.

"그런데 황실 마탑주이자, 황제의 숙부인 대공이 어인 일로 이런 변두리까지 찾아온 것이오? 그것도 약속 시간을 두 번이나 어기면서 말이오."

"차원 균열 때문에 그랬소이다."

"그래요. 첫 번째 차원 균열은 내가 막아버렸고, 나머지는 내가 얻은 힘을 수련하느라 그런 것인데 이상하군요. 하르탄 마탑주나 하가로스 백작께서 보고를 잘못한 것이 아니라면 말이오."

"보고는 들었지만 직접 확인을 해야 했소. 차원 에너지를 가진 이가 나타났으니 더욱 말이오. 차원 에너지를 품은 이는 크건 작건 역사에 큰 파장을 일으켜 왔으니."

현자답지 않게 대공의 눈에는 숨길 수 없는 욕망이 흐르고 있다. 적당한 핑곗거리이기는 하지만 믿을 거리가 못된다.

"후후후, 공신가를 어떻게 보고 하는 소리요. 크리스 가의 가주인 만큼 제국을 위협할 일은 벌어지지 않을 테니 안심하시고 돌아가시오."

"으드득, 알았소이다."

공신가의 가주가 선언하는 말이다. 대공이라 할지라도 무시할 수 없는 권위가 있기에 이를 갈며 몸을 돌린다.

"황실로 갈 것이다."

"알겠습니다. 대공 전하!"

하르탄 마탑주가 재빠르게 대공을 안내했다. 황실로 간다고 했으니 대공은 워프 게이트가 있는 곳으로 갈 것이다.

대공이 떠난 후 다를 멍한 눈으로 나를 바라본다.

황제를 제외한 제국의 제일 권력자를 상대로 반말을 내뱉고 비아냥거렸다.

황실 모독죄로 즉결 처분되어도 이상하지 않은 일인데 대공이 화도 내지 못하고 그냥 돌아갔다.

"괜찮은 겁니까?"

정신을 차린 하가로스 백작이 물었다. 하대를 하던 그의 말투도 어느새 공대로 바뀌어 있었다.

"놀랄 필요 없소. 단 하나뿐인 제국 공신가는 오직 제국의 황제만이 예를 받을 수 있다는 초대 황제 폐하의 유지가 있었으니 말이오."

내 설명에 하가로스 백작을 비롯해 다들 고개를 끄덕인다.

예를 갖출 필요가 없다는 것이 대공과 동격이라는 의미를 알아차린 것이다.

비록 몰락을 했다고는 하지만 초대 황제의 유지는 제국법보다 지엄한 것이었다.

"그나저나 파티는 언제 할 생각이오? 대공이 돌아갔으니 개최해도 될 것 같은데 말이오."

"오, 오늘밤에 바로 개최를 하겠소."

나를 바라보는 하가로스 백작의 눈빛에는 진한 의문과 염려가 서려 있었다.

아마도 내가 브리턴 제국과 아주 가깝다고 생각해서 그런 모양이다.

[백작이 염려하는 일은 없을 것이니 마음을 놓으시오. 그리고 파티를 개최하라고 한 것은 대공이 남겨 놓은 눈이 있기 때문이니 최대한 성대하게 개최해 줬으면 좋겠소.]

[알았소.]

메시지 마법과 비슷한 텔레파시를 통해 말을 전하자 약간은 안심하는 하가로스 백작이다.

"이제 그만 쉬고 싶습니다. 나머지 이야기는 파티에서 하도록 하는 것이 좋을 것 같군요."

"알겠네. 다들 나가도록 합시다."

하가로스 백작은 대답과 함께 머뭇거리는 다른 이들을 이끌고 방을 나섰다.

옆에 있던 제레미가 주변을 확인한 후 방문을 닫았다. 주변이 차단되자 탱크가 물었다.

"괜찮겠습니까?"

"놀랐을 테지만 안심해도 될 것이오. 대공이라 할지라도 공신기를 어떻게 할 수는 없으니 말이오."

"그래도……."

"후후후, 걱정하지 않아도 될 것이오. 그것보다는 앞으로 행동에 더욱 주의를 기울여야 할 것이오. 대공은 돌아갔지만 그가 남긴 감시자가 있으니 말이오."

"감시자 말입니까?"

탱크 일행의 이목에는 걸려들지 않고 있지만, 감시자가 있는 것은 분명하다.

아주 강력한 감시자가 하나도 아니고 셋이나 붙어 있다.

"당신들보다 실력이 윗줄인 자들이 감시를 하고 있소. 그러니 당분간은 수련에만 매진하고, 관저를 떠나지 않는 것이 좋을 것이오. 그대들은 아직 많이 약하니 말이오."

탱크 일행은 마스터에는 미치지 못하는 실력을 가지고 있다. 싸움이 붙으면 백이면 백 질 것이다.

최대한 빨리 실력을 쌓아야 한다. 지구로 건너가 새로운 세력을 일구려면 필수적인 일이다.

"알겠습니다."

탱크도 자신들의 처지를 잘 알고 있는 것인지 반문을 하지 않는다.

파티는 예정대로 개최가 됐다. 통신망을 통해 연락을 했는지 백작령 인근의 귀족들은 다 모였다.

하가로스 백작은 문제가 있을 것이라 생각하고 기사들을 추가로 배치해 호위를 맡겼다.

긴장된 상태였지만 별다른 일은 일어나지 않았다.

파티가 진행되는 동안 간간이 하가로스 백작과 대화를 나누었다. 하탄의 안배에 담긴 내용에 대해서다.

백작은 하탄에 안배에 대해서 알고서 무척이나 놀랐다.

마나 마스터 전부에 대한 유진을 얻을 수 있는 안배였으니 놀랄 만도 할 것이다.

백작은 내가 하탄의 모든 것을 얻었다는 것을 안 후부터 공대를 하기 시작했다.

그의 신분이 특별하니 그럴 수밖에는 없겠지만 내가 민망할 정도다.

"백작님, 대공이 알게 해서는 절대 안 될 겁니다. 어느 정도 눈치를 채기는 했겠지만 확신하는 것과 의심하는 것이 천지차이니 말입니다."

"염려하지 마십시오. 대공이 아무리 8서클의 현자라고 해도 상급의 마스터에게 정신 마법을 걸 수는 없을 테니 말입니다."

"장담할 일이 아닙니다. 브리턴 제국의 힘을 얕잡아보면 결코 안 됩니다. 말씀을 드렸다시피 브리턴인들은 원래 이곳 세계의 사람들이 아니니 말입니다."

"무슨 말씀이신지 알겠습니다. 최대한 조심하도록 하겠습니다. 그런데 하르탄 마탑주에게는 알리지 않으실 생각이십니까?"

"그럴 생각입니다. 하탄 님의 계획에 누군가의 의지가 개입되었다고 백작님께서도 제게 말씀하셨지 않습니까?"

"그럼?"

"아직은 확인하는 단계입니다."

하탄이 남긴 집합 의식 세계에서 얻은 것은 그들의 유진만이 아니었다. 하탄의 계획이 실패한 원인이 무엇인지 알아낼 단서도 얻을 수 있었다.

하탄은 최후의 안배를 준비하면서 다시 실패하지 않기 위해 몇 가지 다른 준비도 병행했다.

자신이 실패한 원인을 곱씹은 하탄은 자신의 욕망을 부추긴 존재가 있었음을 깨달았다.

초월자에 근접한 마나 마스터인 자신에게 욕망을 심을 만한 존재는 하나밖에 없었다. 바로 환상의 악마인 몽마의 왕만이 자신의 욕망을 부추길 수 있었다.

하탄은 오랫동안 자신의 주변을 조사했고, 한 가지 단서를 찾아낼 수 있었다.

마나 마스터가 되기 이전부터 자신이 오랫동안 즐겨 마시던 와인이 어느 순간 변했음을 깨달은 것이다.

하탄이 마신 것은 하르탄의 눈물이라고 불리는 하탄 지방 최고의 와인이었다. 하르탄의 눈물은 시동이자 제자였던 이가 오랫동안 자신을 위해 조달했던 와인이었다.

하탄은 의심이 들어 조사를 했지만 제자에게서는 아무런 것도 알아낼 수 없었다.

하탄은 아들과 같은 제자가 그런 일을 할 리 없다며 생각을 접었지만 나는 아니다.

하탄의 마탑주가 대대로 같은 이름을 쓴다는 사실을 잊지 않고 있다.

"하탄 님이 남기신 것 중에……."

나는 백작에게 하탄이 의심했던 몽마에 대해 이야기 해주었다. 정신 마법에 당하지 않는다고 자신했던 백작도 긴장하는 모습을 보였다.

"그래서 하르탄에게 말하지 않으시는 거군요."

"그렇습니다. 이런 사실은 비밀로 해주세요."

"알겠습니다. 그런데 이렇게 비밀을 털어놓으신 것을 보면 저는 믿을 수 있으신 겁니까?"

"후후후, 백작님이 어떤 분이신지 아는데 믿을 수밖에 없지 않겠습니까?"

의심을 접기는 했지만 제자를 믿을 수 없다고 판단한 하탄은 안배를 이중으로 남겨야 했다.

그중 주인이 이미 정해진 스카이 드릴은 절대 다른 이가 얻을 수 없기에 제자에게 맡겼고, 또 다른 안배는 자신의 직계에게 맡겼다.

평생 홀로 살았던 하탄은 원래 자식이 없었다. 그가 직계에게 마지막 안배를 맡길 수 있었던 것은 시녀를 취해 자식을 볼 수 있었기 때문이었다.

'후후후, 대단한 양반이지. 다른 것은 실패했지만 사랑은 성

공을 했으니 말이야.'

마지막 안배를 완성한 후 하탄은 자신의 시중을 들던 시녀를 취했다. 그가 시녀를 취한 것은 절대 강제가 아니었다.

하탄 자신도 시녀를 사랑하고 있음을 깨달았기에 정식 아내로 취한 것이었다.

당시 최후의 안배를 끝낸 하탄은 수명이 얼마 남지 않은 상태였다.

그런 하탄의 상태를 깨달은 시녀는 자신의 사랑을 고백했다. 열 살부터 시중을 들기 시작해 30년 동안 수발을 들던 시녀는 죽음을 목전에 둔 하탄에게 감추고 있던 자신의 사랑을 고백한 것이다.

자신을 죽이려던 암살범을 몸으로 막다가 한 팔이 잘린 시녀의 고백에 하탄은 당황할 수밖에 없었다.

그러나 당황은 잠시였다. 하탄은 시녀가 있음으로 해서 자신이 또 다른 안배를 남길 수 있음을 알 수 있었다.

자신으로 인해 장애를 가지게 되었음에도 불구하고 실의에 빠진 자신의 곁을 지킨 시녀를 사랑하는 마음이 있어 모든 것이 가능했음을 깨달았다.

고백을 받은 그날, 60살이 된 하탄은 20살이나 어린 시녀를 부인으로 맞고 사랑을 나눴다.

둘의 사랑은 결실을 맺었고, 삶의 목적이 생긴 하탄은 죽음을 거부하고 20년이나 시녀와 함께할 수 있었다.

비록 세상에 알려지지 않은 비밀스러운 결혼 생활이었지만 둘은 더할 나위 없이 행복했다. 하탄과 시녀는 결혼 생활을 통해 첫 아들 이외에도 한 명의 아들을 더 둘 수 있었고, 죽을 때까지 행복했다.

하탄은 자신의 아들들에게 최후의 안배를 지킬 힘을 남겼다.

장자에게는 마지막으로 남긴 안배를 지킬 검의 힘을 주었고, 차남에게는 장자를 지킬 수 있는 마법의 힘을 주었다.

장자의 직계 후손이 바로 하가로스 백작이다.

그러니 믿을 수밖에 없다. 그토록 오랜 세월 동안 선조의 유지를 지켜온 이를 믿지 않을 수 없으니 말이다.

그리고 또 한 명.

하르탄과 함께 있다가 나에게 다가오는 하도르 알킴도 믿을 수가 있다.

어머니의 유지에 따라 성마저 바꾸고 마탑에 투신해 임시 탑주를 감시한 차남의 직계 자손이 바로 하도르니 말이다.

하탄의 아내가 된 시녀는 남편으로부터 제자에 관한 이야기를 들을 수 있었다. 남편은 아무것도 아니라고 무시를 했지만 그녀는 의심을 지울 수 없었다.

노파심일 수도 있지만 여자가 가지는 특유의 예감을 믿은 그녀는 자신의 작은 아들에게 형을 보호하는 것과 함께 남편의 제자에 대한 감시를 맡겼던 것이다.

하도르가 나에게 스카이 드릴을 줄 수 있었던 것도 그 때문이었다.

하탄이 남긴 일기는 임시 탑주가, 스카이 드릴은 수석 마법사가 보관하라는 하탄의 유지가 지금까지 지켜져 온 것도 그 때문이었다.

지금 하르탄은 주변 귀족들의 질문에 대답하느라 바쁘다.

하가로스의 요청에 따라 백작령 제하의 귀족들이 자신의 영지 문제를 하르탄과 상의하고 있었기 때문이다.

질문이 하르탄에게만 이어지자 옆에 있던 하도르가 우리에게 다가왔다.

"하도르 수석 마법사님. 이야기가 재미 없으셨나 봅니다."

"하하하! 오늘은 마탑주님의 인기가 폭발하는 모양입니다. 전에 없이 자문을 구하는 귀족들이 많으니 말입니다."

"그러게 말입니다."

"그런데 샤인 님은 파티가 즐겁지 않으신가 봅니다."

맞장구를 치는 백작의 모습을 보며 하도르가 나에게 말을 걸었다.

"하도르 수석 마법사님. 어디 조용한 곳에서 이야기를 나눌 수 있겠습니까?"

"으음, 조용한 곳을 제가 알고 있습니다."

"그러지요. 백작님께는 마탑주님을 부탁드리겠습니다."

"걱정하지 말고 다녀오십시오."

하르탄이 알아차리지 못하도록 부탁을 한 후, 파티장을 빠져

나왔다. 하가로스 백작은 내 말에 충실히 따르기 위해 하르탄에게로 갔다.

사람들의 시선을 피해 로비를 지나 바깥으로 나온 하도르는 관저 근처에 있는 자신의 실험실로 나를 안내했다.

"잠시만 기다리십시오."

실험실로 들어가자 하도르는 마나 등을 켠 후에 벽에 손을 짚어 자신의 마나를 주입했다.

결계가 만들어졌다. 실험실을 공간으로부터 유리시키는 아주 고난이도의 마법이 펼쳐진 결과다.

"죄송합니다."

"아닙니다."

"실험실에 만들어진 결계가 발동을 했습니다. 이곳은 하탄 님께서 남기신 마법이 걸려 있어서 그 누구도 이 안에서 나눈 대화를 알 수 없을 겁니다."

"이미 제가 왜 보자고 했는지 아시고 계신 모양이군요?"

"무엇 때문에 오셨는지 알고 있습니다."

"하도르 님께서 잠시 동안 하르탄을 살펴 주시길 바랍니다. 특히 그가 가지고 있는 기운에 대해서는 좀 더 면밀하게 살펴주시기를 부탁드리겠습니다."

"염려하지 마십시오. 그동안 대를 이어 계속 해온 일이니 그다지 염려할 것은 없으실 겁니다."

"그렇군요. 그럼 하도르 님만 믿겠습니다."

"예, 샤인 님."

"그리고……"

나는 하도르에게 앞으로의 계획을 이야기해 주었다. 필요한 일이었기에 자세하게 설명을 해주었다.

"좋은 계획이기는 합니다만, 괜찮으시겠습니까?"

설명을 다 들은 하도르는 내가 하고자 하는 계획에 대해 우려를 드러냈다.

"안배에 따른 것이니 어쩔 수 없지 않겠습니까? 정식 절차라면 받아들여 주지 않겠지만, 백작님이나 마탑주의 추천이 있다면 가능할 테니 말입니다."

"원하는 것이 있는 하르탄 마탑주가 쉽게 추천서를 써주지는 않을 겁니다."

"그건 걱정하지 마십시오. 그가 원하는 것이 있으니 아마도 써주게 될 겁니다."

"으음, 생각해 보니 그럴지도 모르겠군요."

"제 말대로 될 테니 지켜보기만 하십시오. 그리고 이제 그만 나가야 할 것 같습니다. 우리를 감시하던 자들이 당황했을 테니 말입니다."

"알겠습니다."

하도르 수석 마법사에게 앞으로 어떻게 해야 할지 모두 알렸기에 실험실을 나와 파티장으로 향했다.

파티장에 들어오자 우리를 지켜보는 시선이 상당히 많다는 것을 알 수 있었다.

특히나 하가로스 백작 곁에 서 있는 하르탄의 눈빛이 심상치 않았다. 지금까지 나에게 보여 왔던 눈빛과는 확실히 달랐다.

하가로스 백작이 그의 시선을 돌리려고 노력을 했지만, 임시라는 이름이 붙기는 했어도 마탑주라는 지위는 거저 얻은 것이 아닌가 보다.

"어디를 다녀오십니까?"

두 사람에게 다가가자 하르탄이 물었다.

"하도르 님께 몇 가지 마법에 대해 자문을 받았습니다. 하탄 님께서 남기신 것을 해석해 보려고 말이죠."

하르탄에게 미끼를 던졌다.

파티장으로 돌아오기 전에 하도르 님과 입을 맞춘 것이었다.

또다시 그의 눈빛이 심상치 않다.

검푸른 장막 같은 것이 동공 깊숙한 곳에서 찰나 동안 일렁이다가 사라진다.

'감쪽같이 사라졌군.'

주의 깊게 살피지 않았다면 내 감각에도 느껴지지 않을 만큼 찰나 사이에 사라졌다.

다른 이의 꿈에 개입해 자신의 욕망을 관철시키는 존재가 몽마다. 자신의 존재를 감추는 것은 일도 아닐 것이다.

'몽마라……'

마족의 일원이면서도 다른 마족에게 경원시되는 존재인 몽마라는 것에 관심이 생겼다.

"저에게도 기회를 주셨으면 좋았을 텐데 조금 아쉽군요."

"바쁘신 것 같아서 하도르 님께 부탁을 드렸습니다."

"하하하, 그러셨군요. 하지만 언제든지 말씀을 해주십시오. 샤인 님이라면 열 일을 제쳐놓고 자문을 해드리겠습니다."

"고맙습니다. 그런데……."

"하실 말씀이 있으십니까?"

"하도르 님께 자문을 구하다가 제가 직접 마법을 배워보는 것이 좋겠다는 생각이 들어서 그렇습니다."

"경지에 이른 검사이신데 마법을 배우시겠다는 말씀입니까?"

"그렇습니다. 하지만 마검사가 될 생각은 없습니다. 그저 학문을 대하는 마음으로 배워보려고 합니다. 마나의 운용에 대해 조금 더 알고 싶어서 말입니다."

"으음, 그러시군요. 그렇다면 저희 하탄 마탑에서 배우시는 것이 어떠십니까?"

"마법사가 아닌 이상 제국법 때문에 하탄 마탑에 들어가기는 힘들 것 같습니다. 그래서 아카데미에 들어가려고 합니다. 때마침 입학 시즌이 다가와서 시기도 좋고 해서 말입니다."

자질이 뛰어나 어렸을 때부터 제자로 들인 이가 아니라면 마법을 배우려면 아카데미에 가야 한다. 그것이 제국에서 정한 법이었다.

어차피 내가 갈 곳은 정해져 있다. 내 수준을 맞추려면 제국 제일의 아카데미인 센트 싸인밖에는 없으니 말이다.

"으음, 아카데미라. 쉽지는 않겠군요."

하르탄의 말처럼 센트 싸인에 들어가는 것은 쉽지가 않은 일이다. 검사가 마법을 익히기 위해 아카데미에 들어가는 일이기 때문이다.

"쉽지는 않겠지만 들어갈 수는 있을 겁니다. 제 실력 때문에라도 쉽게 거절하지는 못할 겁니다. 검사부에 들어가 봤자 배울 것도 없을 테니 말입니다."

어린 나이에 중급에 이른 마스터가 나다.

졸업을 해봐야 고작 기사 정도의 수준밖에는 안 되는 기사부가 나를 만족시키기는 어려울 것이다.

입학을 한 후에 밉보이기는 하겠지만, 억지를 부린다면 충분히 가능한 일이다.

"제가 아카데미에 들어가게 되면 마탑주님께서 자문을 좀 해주십시오. 저는 마법을 학문으로 배우려고 하니 현상에 대한 이해는 아무래도 마탑주님께 자문을 구하는 것이 좋을 것 같아서 그렇습니다."

"그렇군요. 그렇다면 제가 추천서를 써드리겠습니다. 그것이라면 센트 싸인에 입학하는 것이 그다지 어렵지는 않을 겁니다, 싸인 님."

도움을 주어 신임을 얻으려는지, 하르탄은 추천서 쓰기를 자청했다.

"고맙습니다. 그럼 힘이 좀 되겠네요."

황실 마탑의 마법사들에게 대립하는 지역 마탑의 힘이 결집된 곳이 바로 센트 싸인이다.

황실에서 운영하고 있음에도 센트 싸인 아카데미의 마법부 교수들이 대부분 지역 마탑의 고위 마법사들이서 그렇다.

하르탄의 말대로 그의 추천을 받으면 수월하게 입학을 하는 것은 물론이고, 생활도 편할 것이다.

"영주님, 영주님께서도 추천서를 써주신다면 샤인 경의 아카데미 생활이 더욱 수월해 질 수 있을 것 같은데, 어떠십니까?"

자신의 추천서 한 장이면 충분함에도 하르탄은 백작이 추천해 주기를 언급했다.

"마탑주님의 추천서면 충분하지 않겠습니까?"

"마법부 쪽은 문제가 없을 테지만 기사부가 문제가 될 것 같아서 그렇습니다."

하르탄이 백작의 추천서를 언급한 것은 기사부의 반발을 막기 위해서였다. 중급의 마스터가 마법부에 들어간다면 기사부가 가만히 있지 않을 것이다.

상급 마스터인 하가로스 백작의 추천서면 중급의 마스터가 마법부를 택한 이후에 불어닥칠 기사부의 반발을 막을 수 있을 것은 분명하다.

"하하하하, 샤인 경께서 검의 경지를 더 높이기 위해 마법을 연구하겠다고 하니 기꺼이 추천서를 써주도록 하지요. 마스터가 바라보는 관점에서 마법에 대한 연구를 할 것이라고 한다면 기사부도 수긍을 할 겁니다."

"감사합니다. 영주님. 샤인 님께 큰 도움이 될 것 같습니다."

하르탄이 백작에게 감사를 표하고 있으니 내가 나서지 않을 수 없다.

"두 분이 추천서를 써주시겠다니 정말 감사합니다. 두 분 덕분에 아카데미 생활을 즐겁게 할 수 있을 것 같습니다."

"그런데 샤인 님께서는 언제 떠나실 생각이십니까?"

"준비할 것도 있고 해서 이삼일 후에 떠날 예정입니다."

하르탄이 일정을 묻기에 사실대로 대답을 해주었다.

"너무 빨리 떠나시는 것 같아 섭섭하군요. 필요하신 것이 있다면 말씀하십시오. 제가 최대한 도와드리겠습니다."

"말씀만이라도 고맙습니다."

"그냥 드리는 이야기가 아닙니다. 마탑에 오시게 되면 필요한 것들을 대부분 얻으실 수 있을 겁니다. 물론 공짜로 말입니다. 비록 제게 탑주 자리를 양보하셨지만 샤인 님께서는 하탄 마탑의 진짜 주인이시니까요."

"그 말씀은 끝나지 않았습니까? 아까 말한 대로 마탑주는 하르탄 님뿐입니다."

"아까 얼떨결에 허락을 하기는 했지만, 하탄 님의 유지를 어기는 것 같아서 그렇습니다."

파티가 시작되기 전에 하르탄은 나를 만난 자리에서 나에게 마탑주가 되어 주기를 부탁했다. 임시가 아닌 진짜 마탑주가 말이다.

그래서는 절대 안 된다는 하르탄을 설득해 간신히 넘긴 마탑이다. 그의 도움을 거절하기가 곤란했다.

"정히 그렇다면 알겠습니다. 하탄 마탑의 도움을 받도록 하겠습니다."

"고맙습니다, 샤인 님! 하탄 마탑의 지부가 제국 곳곳에 있으니 여러 가지로 도움을 받으실 수 있을 겁니다."

"다행이군요."

하탄 마탑의 도움을 받게 된다면 내 행적을 아는 것은 아주 쉬운 일이다. 지부에 연락하기만 하면 의심 받지 않고 간단히 알아낼 수 있으니 말이다.

'계산이 상당히 빠르구나. 그 짧은 시간에 아무런 의심이 들지 않도록 안배를 깔다니 말이다.'

눈빛에 드리워졌던 장막을 보지 못했다면 아마도 하르탄의 친절에 감사했을 것이다.

하르탄에게서 전해져 오는 느낌이 그가 성심을 다하고 있다고 계속해서 알려 주고 있으니 말이다.

'으음, 이것도 몽마의 능력이겠지. 장막을 보지 못했다면 나도 당했을 것이다. 하탄이 실패한 것도, 끝까지 제자를 믿은 것

도 자신을 믿을 수 있는 존재로 포장하는 몽마의 능력 때문일 것이다.'

찰나지만 눈빛에 서린 장막을 볼 수 있어 다행이었다. 이렇게 완벽하게 감출 수 있는 것을 보면 내가 볼 수 있었던 것은 놈의 실수 때문인 것 같다.

'몽마가 이런 존재라면 세계의 의지를 드리우고 세상을 실험하는 것과 관련이 있을 것이다.'

진실을 알아갈수록 마음속이 답답해진다. 뭐가 더 감춰져 있을지 알 수가 없으니 말이다.

'모든 세계의 베이스가 되는 곳이 지구라고 했다. 돌아가게 되면 이런 존재가 또 있는지 찾아봐야 한다.'

스팟과 게이트가 나타난 것을 보면 세상을 희롱하며 실험하는 존재들이 지구에도 없을 리가 없다.

하탄이 세운 계획이 실패하면서 감춰져 있던 것들이 드러난 것이니 말이다.

'하탄이 만들어낸 최후의 안배를 얻었기에 이제 시간은 내 편이다. 게이트 너머 다른 세상으로 갈 때마다 원하는 만큼 시간을 조정할 수 있으니 말이다.'

하탄은 자신을 비롯해 여섯 명의 마나 마스터가 남긴 유진을 이용해 가공할 만한 것을 만들어냈다.

첫 번째 계획이 실패한 이후, 시간을 거스를 수 있는 능력이 생겼기에 가능한 일이었다.

그리고 하탄이 만든 것이 지금 내 심장 속에 자리 잡고 있다.

원하는 만큼의 시간을 얻기 위해서는 그에 대응하는 막대한 에너지가 필요하기는 하지만 심장 속에 자리 잡고 있는 귀물은 나에게 또 다른 기회를 제공해 줄 것이다.

〈『그린 하트』 제5권에서 계속〉